La première édition de cet ouvrage a paru en 1951
dans la collection « Écrivains de toujours ».
La présente édition comporte une bibliographie
augmentée et mise à jour.

EN COUVERTURE :

portrait de Victor Hugo par L. Bonnat (1879),
Versailles, château, photo Lauros-Giraudon.

ISBN 2-02-010375-3

© ÉDITIONS DU SEUIL, 1951 ET NOVEMBRE 1988.

Henri Guillemin

Hugo

Éditions du Seuil

Lithographie, d'après Achille Devéria (1829).

> Je m'ignore ; je suis pour moi-même voilé.
> Dieu seul sait qui je suis et comment je me nomme.
>
> VICTOR HUGO

Victor Hugo ? Lequel ? Les quatre syllabes de ce nom propre suscitent une collection d'êtres disparates.

Ce jeune homme « posé, très réfléchi, parlant peu » — c'est ainsi que le décrit son père, un officier en retraite — s'appelle Victor Marie Hugo. Il est très pauvre, balaie lui-même son palier et achète « pour un sou de fromage de Brie chez la fruitière » ; un garçon « ardent et froid », « fier », « digne jusqu'à la dureté ; pur jusqu'à la sauvagerie ». Il est « de taille moyenne, avec d'épais cheveux très noirs, l'air sincère et calme », et, dans son regard, « je ne sais quoi de hautain, de pensif et d'innocent ». Un contraste sur ce visage : le haut n'est pas absolument d'accord avec le bas ; le front est « chaste », le regard est pur ; mais les narines battent, passionnées, et la bouche est voluptueuse. Victor Marie Hugo habite dans une petite rue du faubourg Saint-Germain. Le quartier est riche, mais la rue du Dragon ne l'est pas. Une ou deux fois par semaine, il « se glisse dans la boucherie du coin, au milieu des cuisinières goguenardes » ; il a des livres sous le bras et semble gauche, « timide et furieux » ; il entre, ôte son chapeau, demande une côtelette de mouton qui coûte six ou sept sous, enveloppe sa côtelette dans un papier, la met sous son bras entre deux livres et s'en va. Il est écrivain ; il fait des vers courtisans, très royalistes, violents même, à l'occasion.

Voici maintenant le « baron Victor Hugo », 1828. Son père est mort. Il annonce à ses amis la naissance de son second fils. Il a vingt-six ans. Il est plein d'assurance et d'enthousiasme. Il se sait très beau, avec cet œil brun, caressant, ces lèvres gourmandes et cet éblouissement de jeunesse. C'est le chef de la jeune école littéraire, bonapartiste et libérale. On va le voir bientôt régner sur des bandes chevelues, barbues, républicaines, et débraillées, gardant quant à lui une stricte correction, le menton glabre et une vie très bourgeoise.

1833. La toile de Louis Boulanger. L'homme à la cape. En si peu d'années, quelle métamorphose ! Une bouffissure blême. Il se campe, important ; mais ce pauvre visage où les yeux ont perdu leur flamme, où s'épaississent des commencements de bajoues raconte une histoire sans bonheur ; c'est Victor Hugo à trente et un ans. David d'Angers va se hâter de faire son buste tant qu'il reste sur ces traits de la clarté, et avant que « la matière » n'ait tout envahi.

Quarante-quatre ans ; 1846 ; le « vicomte Hugo », académicien et pair de France. La face, bien nourrie, est carrée, avec une lourde mâchoire de consommateur. Lui qui négligeait assez sa tenue, autour de 1835, il porte à présent des chemises roses et ne dédaigne pas de se faire friser. Fort mal, naguère, avec Louis-Philippe, c'est un familier, maintenant, du palais. Un homme arrivé. Il a cessé de publier des vers et de faire jouer des drames. Une espèce d'homme de lettres honoraire, installé dans l'amitié du prince et donnant leur vrai prix aux choses.

Décembre 1851, Bruxelles. Hugo est un réfugié politique. Il est entré en Belgique sous un faux nom, muni d'un passeport qui n'était pas le sien ; les douaniers ont cru avoir affaire à un nommé Lanvin, typographe recruté par l'imprimerie Luthereau. Il vit étroitement, dans une chambre presque sans meubles. Ses deux fils sont en prison. Cet homme de cinquante ans s'enferme, du matin au soir, pour écrire avec emportement des choses qui ne sont plus de la littérature et qui ne lui rapporteront pas un sou. Il s'en moque. Il a des poches sous les yeux et s'habille n'importe comment.

Autre image. C'est dans une île, à présent : à Jersey. La maison où Victor Hugo a reformé son foyer s'appelle Marine-Terrace et donne sur la grève d'Azette. Il n'y fait pas gai tous les jours. Il y a « une espèce de cave que ces dames [Mme Hugo et sa fille Adèle, qui aura vingt-quatre ans en 1854] ont la bonté d'appeler leur salon ». On ne boit plus de vin parce que c'est trop cher ; on s'est mis à boire de la bière, qui dilate l'estomac. Hugo, un temps, a fait de l'équitation, ayant appris à monter à cheval, et ils galopaient, ses fils et lui, « comme des diables, le long des marées montantes » ; mais Bony, qui leur louait des chevaux, est mort, et son manège a été vendu ; et puis on n'aimait pas trop, parmi les proscrits français de l'île, tous faméliques, ces façons équestres qui « faisaient aristocrates » ; alors Hugo a renoncé au cheval. Du moins, il nage ; il se baigne beaucoup, et par tous les temps. Il marche aussi, des heures et des heures, « en vareuse, avec de grosses bottes ». Il rentre. Sa fille joue du piano. Charles, son fils aîné, se passionne pour la photographie, et le père, à cause des *Châtiments*, prend des poses tragiques devant l'objectif[1]. Lenteur des jours : « Je suis là ; j'ai deux chaises dans ma chambre, un lit de bois, un tas de papiers sur ma table, l'éternel frisson du vent dans ma vitre [...] ; je vis ; je suis [...] » Ceci encore, du 28 mai 1854 : « La brume a collé du papier gris sur le ciel et sur la mer. Mon jardin est envahi par la basse-cour voisine. Des oies et pas un oiseau. Ces horribles oies sont en train, en ce moment même, de déterrer et de manger pour sept shillings de haricots que j'ai fait semer la semaine dernière. »

31 octobre 1855. Les autorités de Jersey ont prié M. Hugo de vider les lieux. Il débarque, sous la pluie, à Guernesey, en quête d'un gîte pour lui et les siens. Il a oublié ses caoutchoucs. La vie à l'hôtel est ruineuse. Il a gardé sa bonne humeur. « Les expioulcheunes sont hors de prix », écrit-il à Paul Meurice.

Printemps 1861. Il aura soixante ans l'année prochaine. Souffrant de la gorge depuis des mois, il vient de laisser pousser sa barbe, rempart contre les esquinancies. Le 31 mai, il annonce à son fils François-Victor : « On me fait compliment de ma barbe. On me dit "vous êtes très beau avec votre barbe", et je suis félicité de mes taches noires sur fond blanc, comme un caniche. » Cette barbe, en 1865, devient étonnante. Elle est toute blanche, alors que la moustache s'obstine à rester foncée. Hugo la laisse croître vastement, en éventail, d'une ampleur égale partout. Il a l'air d'un soleil coupé en deux, et il ressemble à Karl Marx. C'est le temps où il écrit les pages de son *William Shakespeare* contre la « sobriété » en littérature. Toute abondance lui est propre. Il va renoncer pourtant à la démesure d'un tel épanouissement, et, dès l'année suivante, il ramène sa barbe à des proportions modérées.

1867. Voyez-le dans ce petit appartement que les siens ont loué, à Bruxelles, place des Barricades, et où il va les rejoindre, l'été. A la grosse suspension de cuivre qui éclaire la table de famille, il accroche un journal afin d'allonger l'abat-jour et de protéger les yeux malades de sa femme. Il lui fait la lecture. Puis il sort, seul. Une nuit, rue de Ligne, une prostituée l'arrête, sous un réverbère : « Tiens ! Vous ressemblez à Victor Hugo. Vous savez qu'on dit qu'il est mort ? »

Encore les îles anglo-normandes ; janvier 1870. Cet exil qui n'en finit pas. Le vieux poète vit tout seul dans sa demeure d'Hauteville-House ; il n'a plus, près de lui, que sa belle-sœur, Julie Chenay, qui tient la maison (Juliette Drouet habite à deux pas, et n'est jamais, à Hauteville-House, qu'une invitée). Il a recueilli un vieil ami tombé dans le dénuement, le bossu Kesler. La table, à midi, ne réunit que ces deux vieux messieurs et cette petite personne effacée. On n'aime pas beaucoup Hugo, à Guernesey. L'indifférence ou la froideur l'entoure. Il a dans son jardin qui domine la mer un grand mât au haut duquel flotte le drapeau français. Il ne reçoit à peu près personne et se baptise lui-même l'« ours ». Ses soixante-huit ans n'ont pas l'air de lui peser. Il ne perd pas un pouce de sa taille (1,68 m). Il efface les épaules ; de l'estomac, mais pas de ventre. Il est toujours en noir, avec le gilet déboutonné laissant voir la chemise ; jamais de canne à la main, ni de parapluie ; un grand chapeau de feutre. Il marche, la pointe des pieds un peu en dehors.

5 septembre 1870 ; le jour de sa rentrée en France. A la gare frontière, les soldats de la déroute, éreintés,

Victor Hugo à Jersey, photographie de Charles.

écœurés, vautrés le long du ballast, lèvent la tête et considèrent avec un morne étonnement un voyageur agité — cheveux blancs, barbe blanche, le teint rouge — qui passe tout le buste par la portière et qui brandit son chapeau, et qui leur crie : « Vive la France ! Vive la France ! » avec des larmes plein les yeux.

Printemps 1872. Il est à Paris, rue de La Rochefoucauld ; il vient d'être battu, pour la seconde fois, aux élections législatives. Un nommé Vautrain l'a emporté sur lui par 120 000 voix contre 95 000. Abonné, semble-t-il, aux expulsions, il s'est encore, l'année dernière, fait chasser de Belgique. « Il est enjoint au sieur Hugo, Marie, Victor, homme de lettres, âgé de soixante-neuf ans, né à Besançon, résidant à Bruxelles, de quitter immédiatement le royaume, avec défense d'y rentrer à l'avenir sous les peines [etc.] » ; signé Léopold, 30 mai 1871. Il a du moins auprès de lui ses deux petits-enfants, Georges et Jeanne (leur père est mort, brusquement). Il fait manger sa soupe à Jeanne : « Ouvre ta gueule et ferme tes mirettes. » Il travaille toujours énergiquement. Ses cheveux se hérissent au-dessus de sa figure briquetée ; « une vareuse rouge dépasse les manches de son veston ; un foulard blanc se chiffonne à son cou ». Il s'habille au rayon de confection de la Belle Jardinière et déforme ses poches ; « ce qu'on en retirait était prodigieux ». Sa voix est « douce, lente, peu sonore, un peu criarde sur les notes élevées ». Il est gentil et affable avec tous, « mettant à l'aise les humbles et les timides, endurant les importuns avec une longanimité incroyable », d'une urbanité raffinée avec les dames. Son appartement, chaque soir, est rempli d'hommes politiques, qui l'assomment. Et lui, au milieu, il n'est « pas du tout grand homme, pas du tout pontife », ce qui ne l'empêche pas d'être souvent, lorsqu'il se passionne tout à coup, « plein d'aperçus, de hautes paroles, d'éclairs », tandis que la ligne de ses cheveux tressaute curieusement, montant, descendant, au haut du front. Flaubert l'adore : « Un bonhomme simplement exquis. » Paris, ce Paris qu'il a tant aimé, tant désiré, de loin, le déçoit, l'ennuie, ne lui vaut rien. Il glisse à Judith Gautier : « Si nous conspirions un peu pour faire revenir les Bonaparte ? Nous repartirions ! Nous retournerions dans l'île ! » Et il va repartir, en effet, s'exiler lui-même, retrouver avec délices, à Guernesey, la mer et la solitude.

Été 1878. Il a eu une attaque, dans la nuit du 27 au 28 juin, une congestion cérébrale qui l'a laissé, dit-il, « étonné ». Son entourage a caché la chose le plus possible, comme un secret honteux, et on l'a emmené — presque malgré lui, cette fois — à Guernesey, de nouveau. Il est très sombre et comme furieux de ce mauvais tour, de cette espèce de déloyauté de la nature à son égard. Il était si content de pouvoir grimper des escaliers quatre à quatre devant Gambetta (trente-six ans de moins que lui), qui s'essoufflait tout de suite et regardait, stupéfié, ce jeune homme septuagénaire. En février 1877, il disait à Goncourt qu'il n'avait eu qu'une seule maladie dans sa vie, un anthrax, en 1858, et que cela l'avait « cautérisé » ; il avait l'air de « se croire invulnérable ». Il n'y a pas six mois, Flaubert notait encore : « Le vieux bonhomme est plus jeune et plus charmant que jamais. » Et il avait reçu, à l'improviste, ce coup de matraque ! Est-ce que c'est fini, ces soirées, dans son quatrième étage de la rue de Clichy (nº 21), où il lisait des vers après le dîner ? « Nous le retrouvions dans la salle à manger, debout et tout seul devant la table, préparant ses papiers comme un prestidigitateur essayant dans un coin ses trucs » ; il mettait ses lunettes, il s'essuyait le front ; il lisait, adossé à la cheminée, des pages nouvelles de sa *Légende des siècles* ; quatorze bougies brûlaient derrière lui, et ce brasier « transperçait d'une clarté rose ses oreilles fourchues de satyre ». Dans ce train, maintenant, qui l'emporte vers Granville d'où l'on s'embarquera pour Guernesey (c'est la nuit du 4 au 5 juillet 1878), il a exigé qu'on laissât les fenêtres ouvertes ; il est assis dans l'angle, près de la vitre baissée, dans le sens du train, et il accueillera toute la nuit, en pleine figure, la violence du vent.

Sinistres, ces quatre mois dans l'île. Il a des scènes avec Mme Drouet, qui surveille de trop près sa correspondance, qui fouille partout, et qui a retrouvé un certain carnet de 1873 qu'elle n'aurait jamais dû voir. Il la fait pleurer. Un soir d'août, elle le fait pleurer lui aussi. Il se venge, avec des petitesses, d'âpres duretés, soudain, de vieillard mauvais. « Dans le salon rouge, le soir, il avait des moments d'abattement mortel ; il posait son front sur ses mains appuyées sur le manteau de la cheminée et, incliné mais debout, il restait longtemps immobile. » Les enfants sont bien là, mais ne sont déjà plus de vrais petits enfants ; Georges a dix ans, Jeanne en a neuf. Ils le fatiguent. On a essayé de le distraire en le faisant jouer avec eux au loto, aux dominos ; mais il s'en est lassé très vite, s'impatientant lorsqu'il perdait.

Août 1883. Il a quatre-vingt-un ans. Il est en villégiature au bord du Léman, à Villeneuve, hôtel Byron.

Romain Rolland est dans la foule qui est venue acclamer le patriarche. Il fait très vieux, maintenant ; très
ridé et sourd, il fronce les sourcils. Il s'est montré au
balcon ; il a parlé ; on n'entendait qu'à peine « ce que
grommelait la vieille voix sans résonance ». On a crié :
« Vive Victor Hugo ! » Il a répondu : « Vive la République ! » d'un ton fâché, levant « comme pour gron-
der » une main tavelée et jaune. Il a beaucoup baissé,
en un an ; mais il a encore, de temps à autre, quoique
silencieux, cet œil attentif, « cet œil de vieux lion qui
se développe de côté avec des férocités de puissance ».

Dernières photographies, 1884. Le faux col de cellu-
loïd est devenu beaucoup trop large. Le corps s'ame-
nuise et se défait. Le regard trahit une sorte d'apeure-
ment. Depuis des années, le vieillard ne travaille plus,
mais des livres de lui sont « sortis » en 1879, 1880,
1881, 1883, de gros livres, même : *les Quatre Vents de
l'esprit*, la troisième et dernière série de *la Légende
des siècles*, et ses deux vicaires, Meurice et Vacquerie,
donnent ainsi à croire qu'il reste le même, infatigable,
produisant toujours — alors que tous ces vers sont de
date ancienne et qu'on n'en dénombrerait pas cent qui
soient postérieurs à 1879. Hugo se lève à midi et passe
la plus grande partie de ses journées dans une vague
torpeur.

Il meurt le 22 mai 1885. Le gouvernement ayant
décidé de lui faire des funérailles grandioses qui
demandent toutes sortes de préparatifs, il faudra garder
le corps neuf jours entiers dans la maison. On l'a
embaumé. Les gens défilent devant ce cadavre aux
chairs d'abord pâles, puis plombées. Dans la petite
chambre étouffante, encombrée de fleurs qui se fanent
tout de suite, l'air est irrespirable. Enfin, le 31 mai, à
cinq heures du matin, on viendra prendre livraison du
cercueil pour l'exposer sous l'Arc de triomphe.

Cette vie de quatre-vingt-trois ans où le 2 décembre
1851 ouvre une profonde coupure, des remous l'emplissent dont nous pouvons discerner quelques-uns. Il est
certain par exemple qu'autour de ses vingt-cinq ans
Hugo a traversé un orage. (Son *Cromwell,* bien inter-

rogé, et ses *Orientales* parleraient quelque peu là-dessus). Il a été jusque-là fidèlement royaliste, et catholique à peu près — d'affirmation en tout cas, sinon de
pratique. Or tout cela vacille en lui, s'effondre. Il avait,
dans ses préfaces, assigné à la poésie un but, fait du
poète un messager. Il écrit à présent : « Que le poète
aille où il veut, faisant ce qu'il lui plaît, c'est la loi. »
Vigny, aigre et pincé, constate que « Victor » se dété-
riore, tourne au libéral, se met à tenir des propos gri-
vois ; et le gentilhomme fait la moue. Au vrai, chez ce
jeune Hugo, bouillonnant d'idées et de forces, la tentation qui se lève est celle de la « volonté de puissance »,
un furieux appel aux affranchissements et à la conquête
de tout. Place aux surhommes ! Et Victor Hugo se sent
de cette race. Avancer, posséder, régner, jouir. Le
mythe de l'empereur, qui bouleverse alors tant de jeunes lionceaux (ou de petits tigres), voilà qu'il saisit à
son tour le fils du général Hugo. Pourquoi pas moi ?
Un feu le brûle et le secoue. Mais il est double, et il
le sait. « Ardent et froid », ces mots que nous avons
cités sont de lui, sur lui-même. Comme Paul Claudel
est à la fois Pierre de Craon et Turelure, à la fois
Rodrigue et Thomas Pollock Nageoire, ainsi Victor
Hugo se découvre des parentés occultes avec Mazeppa
en même temps qu'avec Louis-Philippe. Passionné et
calculateur, frénétique et pondéré, téméraire avec prudence, c'est un dévorant compliqué d'un sobre. Le bon
sens sagace n'est pas sa moindre qualité. Et ce qu'il
nomme, à de certaines heures, préjugés, sottises, niaiseries, ces choses qui l'incommodent et qu'il voudrait
piétiner, reçoivent d'une part de lui-même un assenti-
ment profond.

L'étude sur *Mirabeau* (1834) constitue la preuve d'un
combat qui s'achève. Tout ce grand tumulte intérieur
n'aboutit qu'à la plus pauvre et à la plus facile des
révoltes : la revendication du droit à l'amour ; autrement dit, Hugo aura, publiquement, une maîtresse.
Quant au reste, l'insurgé se contentera, à l'égard du
trône, d'une insolence bientôt réduite à un irrespect
décroissant. Il se décourage, d'ailleurs, entouré qu'il est
de jalousies et de malveillances. Vigny l'exècre. Sainte-

Beuve s'est mis à le haïr. Gustave Planche le poursuit d'articles odieux. Nisard déclare calmement, en 1836, que M. Hugo, écrivain, peut être considéré comme un mort. On imagine mal ce qu'est pour lui la presse. Sainte-Beuve signale, en février 1834, avec une feinte tristesse, cette attitude générale de la critique, laquelle, dit-il, dirige contre l'œuvre et contre la personne même de M. Hugo, depuis des mois, « de presque unanimes et vraiment inconcevables clameurs ». Liszt parle de lui à Mme d'Agoult comme d'un homme « malheureux et détesté ». Il a vu Lamartine entrer à l'Académie parmi les ovations. Qu'il est loin d'un pareil triomphe ! Il se désigne par ces mots : « un La Pérouse englouti » ; il évoque, le 1er mars 1835, les cordes déjà « brisées » qui « pendent à sa lyre », et, dans une lettre intime (à sa femme, 16 août 1835), il laisse échapper ce gémissement : « De combien de côtés je suis déjà écroulé ! » Qu'on prenne garde aux titres qu'il donne à ses recueils de 1831, de 1835 : *les Feuilles d'automne, les Chants du crépuscule.* Tout le contraire, certes, de fanfares saluant l'aurore.

Il va choisir, à défaut de la gloire, les honneurs ; à défaut de la grandeur, les grandeurs d'institution. Arrivé, après quatre échecs humiliants, à forcer les portes de l'Académie, en 1841, il renonce à la poésie lyrique (ce n'est plus de son âge), au théâtre même (*les Burgraves* ont échoué), et ne vise plus qu'à s'assurer un rôle politique éminent ; non point, comme Lamartine, par la voie de l'opposition, mais au contraire par la faveur et l'estime méritée du roi. Le vicomte Victor Hugo entre à la Chambre des pairs au printemps de 1845. Il approche de la cinquantaine ; il « réalise » ; il fait une fin ; il s'assied. Il a de l'argent. Une vie bien conduite, en somme ; car il est parti de rien, et c'est maintenant un personnage considérable dont la femme donne, dans ses salons, des fêtes de charité où s'assemble l'élite de Paris. Hugo serait mort en 1848 que l'on citerait son nom, dans les dictionnaires, comme celui d'un poète distingué, un peu frondeur autour de 1830, mais qui sut se ranger assez vite pour accomplir une belle carrière de bourgeois juste-milieu. Supposons

14

1. the happy medium

qu'il ait eu par surcroît la chance de tomber sous les balles des insurgés de juin (et il s'en fallut de bien peu), sa mémoire serait honorée de tout le pays réel.

Quelque chose, cependant, de son âme ancienne subsistait chez ce parvenu. Un côté d'imprudence, d'abord, déraisonnable pour un vrai sage [2]. L'homme de bien peut aller chez les filles, de temps à autre, discrètement. Il ne se donnera pas le ridicule d'être amoureux. Hugo, qui a « des aventures », comme tout le monde, et sans bruit, et une maîtresse en titre, ex-comédienne, mais bien élevée et qui sait se tenir à sa place, Hugo commet l'enfantillage d'aimer pour de bon — à quarante ans, et dans la situation sociale où il est ! — une jeune femme, Léonie Biard. Pour comble (mais c'est un juste châtiment, un opportun rappel à l'ordre), il se fera prendre avec elle, sottement, en flagrant délit d'adultère, le 5 juillet 1845. Autre faiblesse, où se marque son sens imparfait de la respectabilité et des devoirs d'un membre authentique de la confrérie des honnêtes gens : il a laissé sa fille faire un plat mariage, un mariage d'inclination ; il a bien un peu résisté, trouvant le « parti » mince ; mais la jeune fille tenait à son provincial inconnu, sans titre, aisé peut-être mais nullement opulent, ce qui du moins eût été l'indispensable. Là encore, il a agi comme n'agit pas un homme sérieux. Enfin, il n'a pas véritablement renoncé aux lettres ; il a même en chantier un ouvrage dont le sujet est fâcheux ; il s'appelle *Misères ;* ce sont là des choses dont on ne parle pas, et toute littérature sur ce thème est blâmable. Encore du *Claude Gueux*, aggravé sans doute ! Hugo n'avait entrepris ce travail, depuis longtemps médité, qu'en novembre 1845, c'est-à-dire après avoir assuré son plein établissement dans le monde. Pour entrer à l'Académie et à la Chambre des pairs, des sentimentalités sur les misérables eussent été, on le pense bien, une triste recommandation ; et Victor Hugo s'était tenu correctement tranquille [3]. La partie gagnée, il s'était mis à l'ouvrage, et cela pouvait ressembler à une espèce de trahison. On ne l'avait pas admis dans la place pour qu'il y fît pareille besogne. Il hésitait, du reste, prenait son temps, ne songeait certes pas encore à une publication qui eût beaucoup déplu au roi et qui pouvait effectivement être nuisible, dans l'état où se trouvait l'esprit du peuple, si vilainement grondeur en 1847 et bien mal à propos encouragé aux illusions dangereuses par ces *Girondins* de Lamartine que le pair de France Victor Hugo ne voyait pas sans quelques craintes. Malgré tout, il poursuit son travail, en secret. Un homme mal sûr, comme on voit, et qui garde des tendances incompatibles avec la dignité, avec les intérêts de la classe dont il devrait être l'ornement.

L'exil rendra Hugo à lui-même. On l'a répété, et c'est vrai, et lui-même l'a reconnu (« Ma proscription est bonne et j'en remercie la destinée » ; « je trouve de plus en plus l'exil bon ; j'y mourrai peut-être, mais accru »). Il s'engloutissait ; il devenait un ventre. Balzac, déjà en 1840, notait qu'il avait « beaucoup perdu de ses qualités, de sa force et de sa valeur ». Il aura traversé des années d'« absence à soi-même » Il s'en rendait compte, cherchant à n'y plus penser. C'était lui, pourtant, qui disait qu'on meurt, bien souvent, longtemps avant de « descendre au tombeau » ; et c'était lui aussi qui avait écrit, le 26 octobre 1839, ce vers prophétique :

Tel manque à la moisson qu'on retrouve aux vendanges.

A bien voir les choses, ce n'est pas en décembre 1851 que Victor Hugo ressuscite. Au vrai, c'est 1848 qui l'a sauvé. Le 24 février 1848, du matin au soir, son destin se renverse, bien malgré lui. Plus de Louis-Philippe, plus de régence attendue, escomptée. Hugo n'est plus pair de France, la Chambre des pairs ayant brusquement cessé d'exister. Il pourrait en concevoir cette fureur qui va saisir un Montalembert. Non. Il n'en veut pas à Lamartine ; il lui écrit même, le 27 février, un billet plein de chaleur, et il ne sollicite rien. Mais, en avril, il connaît un moment de lassitude extrême, et presque de désespoir ; on en a le témoignage dans son *Veni, Vidi, Vixi*. Il ne comprend pas encore exactement ce qui se joue dans ces grands événements dont il est le témoin et, un peu, la victime. Élu député aux élections complémentaires de juin, il combat la Commission exécutive, mais sans haine et sans s'associer à l'épouvantable manœuvre, qu'il discerne mal, de Falloux, pour « en finir » avec la classe ouvrière, dans le sang. C'est un homme de droite, disons du centre droit. Il fait partie de la « réunion » dite de la Rue de Poitiers. Il n'aime guère la république et il a horreur (une trop légitime horreur) de la bande qui s'est jetée à la curée derrière Cavaignac et Marrast. Or, en 1849, ses yeux peu à peu vont s'ouvrir. Victor Hugo va découvrir *qui* sont ces gens parmi lesquels il avait cru trouver sa place naturelle : les conservateurs, le parti catholique. Ces messieurs parlent librement devant lui, le tenant pour un comparse, un peu bête mais docile. Et ce qu'il entend le stupéfie. Il s'écarte, séparant sa cause de la leur (« Être de cette majorité ? Préférer la consigne à la conscience ? Non ! » Juillet 1849). Le soupçonnera-t-on d'une arrière-pensée, d'un calcul ? Imaginerons-nous qu'il essaie de renouveler à son profit — Lamartine maintenant rejeté, dépassé — l'opération qui avait porté au pouvoir l'homme des *Girondins* ? De même que Lamartine, en 1843, avait solennellement rejoint la gauche, et l'extrême gauche, et s'était fait porter, lui, conservateur d'hier, à la toute-puissance par le prolétariat républicain, de même Hugo, en 1849, orléaniste de la veille, passerait à l'opposition contre un pouvoir réactionnaire afin d'employer au bénéfice de son ambition la marée montante du socialisme... Il faut renoncer à cette explication sommaire que les Biré et les Lacretelle auraient voulu accréditer. Lamartine s'est fait républicain quand la vague, en effet, montait. Hugo choisit la république à l'heure où la vague se retire. Toutes les chances sont pour le clan d'en face, et les « vrais politiques » le savent bien, et le cours des choses leur donnera pleinement raison. En 1849, après le 13 juin surtout, la république est liquidée, en France, pour longtemps. Parti des dupes et des laissés-pour-compte. C'est précisément alors que Victor Hugo s'y rallie. Conclure qu'il a simplement fait preuve, une fois de plus, de son cruel défaut de coup d'œil, c'est vouloir à tout prix le méconnaître. Et, bien sûr, un comportement noble, un attachement sincère à ce que l'on croit juste et vrai est chose inusuelle en politique, mal croyable. Mais nous avions déjà perçu, chez Victor Hugo, des traces d'inadaptation, de fâcheux symptômes qui pouvaient, en s'accentuant, le disqualifier comme « réaliste ». La secousse de 1848, qui l'a dépouillé de ses honneurs, l'a délivré sans qu'il le sache. Le voilà qui se conduit comme un insensé et qui choisit pour tout de bon, tant pis ! ce qu'il croit vrai, ce qu'il croit juste. On n'a pas écrit pour rien, jadis, *le Bal de l'Hôtel de Ville ;* on n'a pas impunément en chantier un livre où vous a jeté un profond mouvement du cœur, et qui s'appellera *les Misérables.* L'assis s'est levé.

Il s'est « engagé », comme on dit ; si l'on veut, il s'est enferré. A l'heure où le choix qu'il a fait l'amène (2 décembre 1851) à la pire des situations, tandis que les malins s'en tirent avec grâce, il continue sur sa lancée. Le destin l'a pris au mot. On lui demande de compromettre, irrémédiablement peut-être, son avenir temporel, et de se faire tuer le cas échéant. Pour éviter ces gros ennuis, il lui suffirait de se montrer accommodant et de trouver à sa prudence de bonnes excuses indiscutables : la force majeure, par exemple. Eh non ! Il fait l'enfant une fois de plus. Ce qui se pardonne à un gamin, il est désobligeant de voir s'y livrer un académicien de cinquante ans, père de famille. Biré a publié le ragot d'un ennemi — d'un sage — remettant les choses en place, affirmant que, devant le coup d'État, Hugo, tremblant d'effroi, s'est tu et n'a pas bougé. On dispose malheureusement aujourd'hui d'une pièce qui retire à M. Biré jusqu'au bénéfice du doute. C'est le journal de Juliette Drouet, témoin direct des journées des 2-11 décembre, et qui n'écrivait pas pour la postérité. Il faut s'y faire. Hugo a pris le parti du danger. C'est vrai qu'il était en mesure, ayant de l'argent en banque, d'affronter le risque de voir ses ressources désormais taries. Sans autre revenu qu'un gagne-pain journalier, eût-il agi de même ? Il ne cachera nullement aux siens que ses économies lui avaient rendu plus facile le courage [4]. Ajoutons que beaucoup de gens, en France, étaient plus riches que lui et n'ont pas eu le goût de compromettre, pour des

Un grand Poète d'État, poursuivi par la peur des Jésuites et de l'Inquisition, se sauve sur la Montagne.

fantaisies de conscience, leur bien-être. Et ajoutons encore que, le 2 décembre, lorsqu'il s'est jeté, tête baissée, dans l'action et dans le péril, Hugo ne savait nullement si cet argent qu'il possédait, en rentes françaises, ne serait pas, d'une heure à l'autre, confisqué par le gang Morny-Maupas-Bonaparte.

Des heures amères, des moments d'interrogation et de doute où chancellent les certitudes même auxquelles cet homme a voué sa vie, il en a traversé, sans le dire, beaucoup. Lorsqu'il est parti pour Jersey, en 1852, il espérait bien avoir sa revanche. La France n'endurerait pas longtemps la honte, sur elle, du parjure et de l'assassinat triomphants. Hélas ! ce peuple qu'on a vu se dresser, en 1848, comme il accepte, maintenant, le maître qui le nourrit ! Le commerce est florissant, l'artisan a des commandes, l'ouvrier gagne à peu près sa vie. Et l'Empire s'étale et prospère. Toutes ces années, l'une après l'autre, semblables, et la vieillesse qui vient, et, en dépit du grand succès des *Misérables*, les signes, ensuite, d'une désaffection : échec partiel de *William Shakespeare*, succès médiocre des *Chansons des rues et des bois*, insuccès de *L'homme qui rit*. Et ce coup dur de mai 1870 : le nouveau plébiscite, dont il n'y a plus moyen, comme en 1851, de se convaincre, ou d'essayer du moins de croire, qu'il est le fruit de la terreur ! Allons, il y mourra, dans son Guernesey, parmi les haussements d'épaules. « Lazare ! Lazare ! Lazare ! Lève-toi ! » Lazare se trouve très bien là où il est et n'a pas du tout envie de « sortir dehors » ; Regulus aboutit à Don Quichotte. Sarcey trouve fastidieux ces proscrits, amnistiés du reste depuis 1859, simples exilés volontaires, à présent, grotesques faiseurs d'embarras. Jules Vallès, dans *le Figaro* du 2 novembre 1865, appelle sur Hugo le juste « châtiment » dû à la « sottise ». Et quels éclats de rire, du côté de Compiègne où Mérimée s'amuse ! Hugo entend distinctement ce que lui disent, sans paroles, les ralliés au régime, les hommes de sens, les raisonnables, qui le plaignent avec la jovialité canaille des augures dans l'intimité : pourquoi diable n'est-il pas venu, comme les autres, « s'enrichir à la tombola » ?

> C'est bien fait, vous étiez comme nous, vous vouliez
> Être sénateurs, ducs, ambassadeurs, ministres...

Ah ! vous voilà bien avancés, les « héroïques » ! Vous n'avez rien empêché du tout, rien renversé ! Vos tonnerres sur l'empereur le gênaient à peu près autant que la sérénade lointaine d'un moustique. Et l'on s'est très bien passé de vous ; et c'est vous qui avez dû vous passer de ces avantages qu'au fond — soyez sincères ! — vous guettiez vous aussi, tenant les nôtres pour fragiles et persuadés que votre patience vous servait.

Oh ! que la mer est sombre au pied des rocs sinistres !

Autre déconvenue énorme, qu'il a su cacher, et sur laquelle les éditeurs mêmes chargés de publier ses œuvres posthumes ont jeté le voile. Il avait cru, en 1870, il avait cru fermement que, la république ressuscitant, les républicains feraient de lui leur chef suprême. Il s'attendait à se voir offrir les pleins pouvoirs, la « dictature ». Il rédige là-dessus des plans ; d'accord, il sera dictateur ; la guerre l'exige ; mais il se retirera, dès la France sauvée et la république reconstruite. Il rentre en France, le cœur battant. Quel destin ! Quelle récompense prodigieuse ! Un gouvernement provisoire est déjà constitué, et l'on a passé son nom sous silence. Eût-il été là plus tôt qu'on ne voulait pas de lui, c'est certain, les habiles étant à l'œuvre de longue date.

On n'a pas encore mesuré l'écœurement qu'a connu Victor Hugo en 1871. Il est mortellement déçu par ce retour dont il avait tant rêvé. On l'écarte. Il se tait, reste à Paris sous les bombes, essayant d'être utile malgré tout. Élu député de Paris — pas même en tête de liste —, il envisage avec dégoût ce stage qu'il va lui falloir faire : à l'Assemblée nationale, dans cette Chambre introuvable, retrouvée ; et il note sur son carnet intime : « J'irai à Bordeaux avec la pensée d'en remporter l'exil » ; autrement dit, il va chercher à se rendre impossible. Dès le 8 mars, il trouvera l'occasion d'une démission éclatante. Survient la mort brutale de son fils aîné ; il lui faut aller à Bruxelles, où Charles avait sa demeure ; mais il en profite pour rester là-bas, loin de Versailles en même temps que de la Commune. Ce qui se passe à Paris le consterne à la fois et lui fait horreur. Une Commune « idiote », une Assemblée « féroce » ; et lui, sans audience ni d'un côté ni de l'autre, totalement impuissant. Du moins, les communards représentent ceux qui souffrent, les victimes, la proie des nantis, le matériel humain des riches. Il n'a pas été avec eux dans le combat (trop de choses, dans leurs actes, le heurtant, lui paraissant démentes), mais il est avec eux, de toute son âme, dans leur désastre et leur calvaire. D'où, contre lui, dans la classe bourgeoise, qui triomphe mais qui a tremblé, un embrasement de colères. Barbey d'Aurevilly l'appelle « prussien » ; Sarcey l'insulte avec application ; Pontmartin le dénonce comme un tartufe : « Faux bonhomme, faux patriote, faux grand-père, faux déiste, faux poète ! » (25 mai 1872), et le marquis de Rode, au sénat belge, le 30 mai 1871, a réclamé son expulsion immédiate, au nom de « la morale publique outragée ». Dans *Mes fils*, en mai 1874, il laissera tout de même passer quelque chose de son désappointement. Ainsi donc, voilà ce que lui réservait la patrie, après dix-neuf ans ! Qu'ils en avaient parlé entre eux, le père et les fils, du pays où ils rentreraient, où on les attendait, bien sûr ! « Ils rentrent [...]. Ils sont attendus en effet, eux par la tombe, lui par la haine. »

Il y aura enfin ce drame inaperçu du génie qui se retire, de l'âme peu à peu qui semble s'éteindre et qui se glace. Le métier, tout bas, qui se substitue à l'inspiration. La main continue d'écrire, savante et presque trop habile. Le vocabulaire est toujours là ; le cœur n'y est plus. Le poète sait bien qu'il peut faire illusion et que sa technique est assez sûre encore pour lui permettre d'heureux plagiats de lui-même. Mais il a conscience de cette espèce d'imposture. La mécanique admirable tourne et fait son bruit ; l'homme assiste, comme à l'écart, à cette production qui s'opère sans qu'il y participe, signée de lui et pourtant étrangère. Ce n'est pas qu'il mente ; il s'entend seulement répéter ce qui jadis lui sortait des entrailles et qui ne sort plus aujourd'hui que de son encrier. Prophète devenu fabricant. Les années vous tuent, quoi qu'on fasse, et le corps résiste plus longtemps que l'âme. Cette dure charpente où la vie circule toujours et dont la virilité même ne connaît pas d'éclipse, voici qu'elle n'abrite plus que l'absence. Dans les vers secrets, datés de 1869, Hugo, avec une cruelle ironie, a raillé ce personnage qu'il était en train de devenir :

> On passe, en vieillissant, du trépied au pupitre [...]
> Les bons alexandrins vous viennent [...]
> Adieu l'élan superbe et l'essor factieux ! [...]
> C'est fini, l'on devient bourgeois de l'Hélicon.
> On loue au bord du gouffre un cottage à balcon.

Il n'est rien de plus facile que d'établir, du même homme, et à l'aide de traits également véridiques, deux images contradictoires, l'une agréable, l'autre laide. Il suffit de choisir et d'exclure. Biré n'a pas toujours dit vrai et s'est trompé parfois, trop prompt à accueillir ce qui pouvait accabler son ennemi. Il n'en est pas moins hors de doute que l'on peut, au moyen de détails exacts, mais triés, composer de Victor Hugo une physionomie morale détestable — comme il est aisé, tout aussi bien, de le peindre à son avantage, ainsi que l'ont fait les Barbou, les Rivet, les Pelletan. Je voudrais tâcher de n'omettre rien d'important, ni en bien ni en mal, sur le compte de Victor Hugo, et de grouper ici tous les traits qui permettent d'entrevoir quel homme, en vérité, il était. Mais est-on jamais sûr d'y voir clair ? Et qui sait si les choses les plus graves, les plus grandes d'une destinée humaine ne nous demeurent pas dérobées ? Personne, au fond, ne connaît personne. Essayons quand même.

Des indication menues, d'abord, et en désordre. Victor Hugo ne fumait pas ; il condamnait l'usage du tabac, cet « opium de l'Occident », ce « sombre endormeur ». Il était bon nageur, assez intrépide même ; il ne prendra plus de bains de mer après sa maladie de 1858 (cinquante-six ans). Il aime à jouer au billard et aux cartes, et s'amuse beaucoup, en exil, au nain jaune. Flaubert, en 1853, lui rappelle ces soirées de l'hiver 1844, chez Pradier : « On était là cinq ou six ; on buvait du thé et l'on jouait au jeu de l'oie... » Il se levait tôt (à Jersey et à Guernesey, du moins) et travaillait tout le matin ; on l'entendait parler tout haut dans sa « chambre de verre », sur le toit d'Hauteville-House ; après le repas, une promenade, toujours ; son « mille *passus* ». Il mangeait beaucoup, mais buvait peu. Vieux, il aura une sorte d'ivresse et de jactance de sa santé inébranlable, et Goncourt éprouvera comme une gêne à voir le vieil homme (soixante et onze ans) cambré, tête nue, en petite jaquette d'alpaga, « plein de vie débordante », sous ces arbres d'Auteuil, par une nuit très fraîche, auprès de son malheureux fils François-Victor, livide sur sa chaise longue et déjà marqué par la mort (« La montre inconsciente de sa puissante et robuste santé — écrit Goncourt —, près de son fils mourant, fait mal »). Cependant Hugo a été longtemps quelqu'un de vite alarmé sur lui-même, et prêt à « se frapper », comme on dit, au moindre malaise ; en juillet 1852, il laisse entendre à J. Janin qu'il est atteint d'une maladie de cœur, très probablement fatale ; une lettre du 28 décembre de la même année et un quatrain du 31 décembre nous le montrent saisi, toujours, de la même angoisse. Pendant l'hiver 1860-1861, il s'est persuadé qu'il était perdu ; il souffrait de la gorge, n'avait plus de voix, et diagnostiquait une « phtisie laryngée ». En fait, il ne frôlera la mort qu'une seule fois avant son attaque de juin 1878 ; vingt ans plus tôt, de juin à septembre 1858, il a été ravagé par un anthrax qui lui fit du dos une seule plaie affreuse, l'obligeant à rester des semaines couché sur le ventre, brûlant de fièvre et presque incapable de s'alimenter. C'est à la suite de cette longue épreuve qu'il décidera de travailler dorénavant debout. Hygiène qu'il a inventée lui-même et qu'il respecte inflexiblement. Quant à ses migraines de Bruxelles, au printemps de 1852, lorsqu'il travaillait avec un acharnement furieux, du matin au soir, à son *Histoire du 2 décembre*, il les soignait en s'installant jusqu'à mi-corps dans le vaste poêle en faïence de ses amis Luthereau — l'un de ces poêles géants des pays du Nord, à « cavettes », à sièges et à recoins. Il a souffert des yeux, aussi, dans les années trente, et l'on a vu un jour la douce Louise Bertin le supplier d'abandonner ses pommades d'apothicaire ou de bonnes femmes pour consulter enfin un spécialiste. Sa voix n'aura jamais été très solide, et tout discours lui coûtait un effort épuisant. A dater d'avril 1861, et jusqu'à sa mort, il suivra le conseil que lui a donné un médecin français de Londres, le Dr Deville, qui lui a prescrit une « affusion » d'eau glacée, chaque matin, sur la nuque, lentement (et même, si possible, plusieurs fois dans la journée). Hugo vantera beaucoup ce régime hydrothérapique, si précieux, disait-il, « pour les travaux de l'intelligence, et autres ».

Décrivant à sa sœur la vie de famille à Marine-Terrace (Jersey, 1852-1855), Mme Hugo lui signale deux innovations étonnantes au sein du foyer : il y a des chiens dans la maison, et on y fait de la musique. Le Fido de Lamartine est célèbre. Hugo, lui aussi — on l'ignore d'ordinaire — se mit à aimer les chiens, pendant son exil. Il en eut deux successivement, auxquels il s'attacha beaucoup — une chienne grise, d'abord, Chougna, qui le suivit à Guernesey et qui mourut en 1861 [5], et un lévrier, Sénat. De retour en France, et dans ses divers logis parisiens, Hugo n'eut plus de chiens près de lui. Sénat acheva sa vie à Hauteville-House. Quant à la musique, le poète se forçait un peu pour l'aimer. Au fond, elle l'ennuyait, et il détestait positivement le piano [6]. Il s'y résigna et fit de loyaux efforts pour s'y plaire, à Jersey puis à Guernesey, à cause de sa fille, pianiste passionnée. Adèle partie, la maison n'entendit plus de notes. A Paris, où il vécut quinze ans (ou presque) après l'Empire, on ne vit jamais Victor Hugo à un concert.

Il avait un côté méticuleux que Fontaney, en 1833, observait avec une curiosité un peu agacée ; un homme à manies, à recettes, et assez satisfait d'un certain nombre d'usages bien à lui. Faire sa barbe, par exemple — du temps où il se rasait (1820-1861) —, était chez lui une opération conduite sans négligence et comportant des rites. C'est tout un spectacle, disait Fontaney ; « il faut le voir repasser sa lame avec une lenteur incroyable, puis la mettre un quart d'heure dans son gousset pour l'échauffer ». Il est bricoleur, on le sait. Ses doigts savent manier d'autres instruments que la plume. Ingénieux, il exécute dans le papier d'extraordinaires découpages, d'une finesse parfois inouïe. Il a fabriqué pour ses enfants (et il recommencera pour ses petits-enfants) toutes sortes de jouets avec du carton et de la ficelle. Il sculpte aussi, et fait de la pyrogravure. Il a travaillé de ses mains à la décoration d'Hauteville. Telle statue de bois, une Vierge, est son œuvre. Et c'est un dessinateur de talent, de très grand talent, même, capable aussi bien des « crayons » les plus déliés (ses carnets sont pleins d'admirables croquis de monuments, de paysages) que de compositions où la suie se mêle à l'encre, ténébreuses, allusives et trouées d'éclairs.

Il n'aimait pas les bibliothèques. « Je hais cette submersion », disait-il ; et il s'intéressait guère aux livres pour eux-mêmes. A Hauteville-House, les ouvrages qu'il possédait — il en recevait par centaines — s'entassaient au petit bonheur. Il avait lu voracement dans son adolescence, puis il en avait perdu le goût. Ses lectures d'homme qui travaille sans cesse et qui a toujours un livre en chantier n'étaient plus guère, depuis sa vingt-cinquième année à peu près, qu'utilitaires et commandées par d'immédiats soucis de documentation.
Un point sur lequel, à son sujet, tous ceux qui l'ont approché s'accordent, c'est sa belle humeur. Voilà qui ne va guère avec la fameuse *Digression* de Claudel, ni avec les photographies de Jersey. C'est ainsi pourtant. Écoutez Sainte-Beuve, qui le décrit, sarcastiquement, « gai, presque trop gai » ; et Fontaney, qui lui fait visite à la campagne, un jour du printemps 1836 (à Fourqueux, le 7 avril), et qui le trouve « en chemise, c'est-à-dire vêtu d'un peignoir de sa femme, et superbe de gaieté » ; et Vinet, qui signale, en 1843, sa « gaieté d'écolier » ; et lui-même évoquant ces parties de fou rire à la maison ces émeutes de joie, quand les enfants exultent de voir le père se mêler à leurs jeux « par quelque fantaisie inattendue et folle » ; et Juliette Drouet, qui lui écrit, taquine, le 6 janvier 1853 : « Je trouve que vous riez bien souvent pour un homme grave et qui a de si belles dents » ; et Jules Janin, en 1854, qui le peint comme suit : « un visage aimable, un sourire facile, une opulente gaieté, un grand rire » ; et Claretie, qui l'a connu en 1866 : « Par-dessus tout, gai et bien-portant ; sa bonne humeur n'a jamais faibli » ; et Dreyfous, un hôte des toutes dernières années cependant, et qui n'en souligne pas moins son enjouement en société : le vieux visage, dit-il, « riait de partout », et les « petits yeux bridés jetaient autour d'eux comme un feu d'artifice de gaieté ». Avec les

Les vieilles villes normandes — l'une de ces « compositions [...] ténébreuses, allusives et trouées d'éclairs ».

Deschamps, avec Nodier, avec Louis Boulanger, le Victor Hugo du temps de Charles X n'était certes pas un mélancolique ; on se bombardait de calembours, on éclatait en facéties. Chez Pradier, plus tard, mêmes soirées peu moroses. *Les Misérables* — cet univers, ou ce fourre-tout — conserveront le souvenir de ces vastes hilarités ; si Marius est le petit Hugo de vingt ans, timide et fier, Courfeyrac et Grantaire sont un autre aspect de lui-même, déniaisé, détendu, chahuteur et guignant les filles. Le côté plaisantin de Hugo, picaresque, pourrait-on dire, les œuvres qu'il a personnellement publiées n'en livrent pas grand-chose ; mais une grande partie du *Théâtre en liberté* en relève, et il avait laissé des notes innombrables, portant l'indication « comédie », qu'emplit ce rire particulier.

Il est orgueilleux et n'en fait pas mystère. Lorsque, dans la préface de *Marion Delorme*, il demande pourquoi la France n'aurait pas quelque jour l'honneur de posséder « un poëte qui serait à Shakespeare ce que Napoléon est à Charlemagne », chacun comprend que, dans sa pensée, un tel poëte n'est plus à naître. Le 6 septembre 1832, causant dans la rue avec Fontaney, il lui déclare tout franc que son dessein est d'égaler, « pour le moins », Lamartine, qu'il n'est aucunement d'accord avec l'opinion courante qui assigne une « prééminence » à l'auteur des *Méditations*, qu'il se propose de le surclasser, qu'il est tout à fait certain d'y parvenir, et que, « s'il savait ne point devoir primer et prendre rang au-dessus de tous, il se ferait demain notaire ». L'orgueil a ceci de bon, disait-il, qu'il préserve de l'envie. Pas toujours ; mais, quant à lui, c'est vrai. Ce Lamartine même qui le précède sans cesse jusqu'en 1848, dans la gloire littéraire, dans la gloire politique (il faut dire que Lamartine a douze ans de plus que lui ; mais les *Méditations* n'ont paru que deux ans avant les *Odes*), jamais Hugo n'a contre lui la moindre animosité jalouse. Un rival, un grand et honnête rival, plein de dons et qu'il s'agit seulement de vaincre en faisant encore mieux que lui [7]. Et dans l'affaire *Othello-Hernani*, qu'on veuille bien suivre les faits pas à pas : Hugo se conduit en bon camarade, avec une gentillesse, même, peu fréquente chez les gens de lettres. Vigny l'en récompensera, vingt ans plus tard, en proposant à l'Académie, pour faire sa cour à l'empereur, l'exclusion de Victor Hugo. Fontaney a beau s'impatienter de certaines façons qu'il lui voit, il n'en conclut pas moins, l'ayant bien étudié, que c'est « un ami bon et vrai, le seul peut-être qui se souvienne d'être utile et de servir ».

La poignée de main d'un homme est toujours instructive. Sainte-Beuve vous prêtait deux doigts effleurants, tout de suite retirés. La poignée de main de Hugo « serrait fort », dit Claretie ; une « étreinte robuste », confirmera Ulbach. Telle lettre de lui au petit Hetzel, le 14 juillet 1853, fait plaisir : « Vous avez été aussi nécessaire pour publier ce livre que moi pour le faire... Entendez-vous bien cela ? Et maintenant ne dites plus de bêtises. Je vous embrasse sur les deux joues. » Un trait, également, peu connu et qui mérite de l'être : Hugo a toujours été, dans sa maison, mal à l'aise devant ses domestiques, n'arrivant pas à trouver naturel et normal d'avoir une femme à son service. Que de notes, dans ses carnets, sur des « observations » qu'il lui faut se résoudre à faire à Marie, la cuisinière d'Hauteville-House, à Mariette, la dévouée Mariette qui adorera la petite Jeanne et dont le destin sera tragique [8]. Mme Richard-Lesclide, amusée, vaguement narquoise, dira, dans son *Victor Hugo intime* : « Par une bizarrerie de caractère qu'on ne s'explique pas, il gardait vis-à-vis des subalternes une attitude qui touchait à la timidité ; il semblait qu'il dût se faire violence pour donner un ordre. »

Il est terriblement superstitieux. L'éditeur des *Choses vues* qui a puisé, comme il le devait, à pleins bras dans les papiers personnels du poète et dans ses agendas bourrés d'indications de toutes sortes, s'est fait une loi de nous cacher ce qui, à son sens, eût pu desservir le grand homme, et le voile est resté posé sur ces témoignages, qui fourmillent, de la peur qu'avait Hugo, et du 13, et du vendredi, sur l'extrême intérêt qu'il portait à ses rêves, sur ces visitations d'« invisibles » dont ses nuits étaient hantées. Les rêves, le 13, le vendredi, ces choses l'occupent déjà bien avant l'exil. Les « invisibles », c'est à partir de sa « période spirite » qu'ils apparaissent, jusqu'à l'envahir, dans sa vie nocturne. Hugo s'intéresse aux « tables mouvantes » en septembre 1853 ; il se jette dans cette aventure avec une véritable passion qui le tient toute l'année 1854 ; cela dure encore — avec un peu de désenchantement — au début de l'automne 1855 et s'arrête net, au mois d'octobre, sous l'effet d'une « panique » (le mot est de lui) : Jules Allix, un voisin, un ami, un commensal habituel, disciple comme lui des tables, vient d'être saisi de démence, plus exactement de folie furieuse, et il a fallu l'interner. Mais si l'on ne touche plus, à Guernesey, au guéridon loquace, les « esprits » une fois convoqués ne se laissent pas ainsi réduire au silence. Jusqu'à la fin de sa vie, pendant les trente années qui lui restent à parcourir, Hugo ne cessera plus — où qu'il aille, à Bruxelles, à Bordeaux, à Paris — de subir ces inquiétants contacts, avec de longs intervalles, parfois, des rémissions pendant lesquelles il s'imagine que « le phénomène », enfin, lâche prise. Ces « anges ténébreux » dont il entend les frappements dans son mur, le glissement dans sa chambre (et quelqu'un, dans le noir, le touche à l'épaule, et on respire à côté de lui, et une espèce de chant devient perceptible, et un mot, soudain, retentit, inexplicable, et une force horrible sépare violemment ses mains jointes), ces visiteurs énigmatiques l'obsèdent. Il n'en parle à personne, sauf à Juliette Drouet [9], et il lutte contre l'effroi, cherchant à se convaincre que la science, un jour, élucidera ces faits étranges ; mais l'anxiété parfois le prend à la gorge, et il pousse un cri d'exorcisme, un appel au secours : « *Credo in Deum æternum et in animam immortalem !* » (12 juin 1877).

On le voit mentir, çà et là — et Biré frémit de joie quand il le prend sur le fait. Dans *Littérature et Philosophie mêlées*, il reproduit d'anciens articles qu'il avait publiés adolescent ; et il les reproduit, déclare-t-il,

Dans le salon rouge, à Hauteville-House (1878).

« sans y rien changer », et c'est faux, car il les a revus mot à mot, et la plume à la main, biffant ici, ajoutant là, ailleurs substituant à la rédaction originale telles tournures qui lui conviennent mieux aujourd'hui. Ses discours parlementaires, d'autre part, il les a sous les yeux, dans *le Moniteur,* mais il y ajoute, sans prévenir, dans *Actes et Paroles,* beaucoup d'embellissements ; non seulement il les orne d'indications variées sur des « mouvements de séance » dont les sténographes n'ont rien vu, et qui sont toujours glorieux (« vive sensation », « triple salve d'applaudissements », etc.), mais il va plus loin, dangereusement, et, ne se bornant pas à modifier son style pour le rendre plus dense et plus coloré, il lui arrive même de glisser dans le texte de ses harangues des phrases toutes neuves ayant pour mission d'induire en erreur la postérité et de faire du Victor Hugo de 1848, par exemple, un homme plus proche qu'il ne l'était en fait du Victor Hugo définitif. « Socialiste moi-même, etc. » Eh non ! Il n'a jamais prononcé ces paroles en 1848. Il les invente après coup, et c'est dommage. Certaines de ses notes politiques jetées par lui dans le dossier *Tas de pierres,* il les reprend, plus tard, pour d'insidieux truquages ; à une déclaration, très « juste-milieu », datant de 1847, il ajoute deux lignes qui la métamorphosent, sans bruit, en un pastiche de propos réactionnaires [10], et dans une remarque de sa main, écrite du temps où il était pair de France, il intercale une incidente qui la dénature et la met au compte de ses adversaires d'à présent [11]. Quant à la pièce des *Contemplations* qu'il intitule « Écrit en 1846 », avec cette note trop habile épinglée aux mots « Longwood » et « Goritz » : « aujourd'hui l'auteur eût ajouté Claremont » (la résidence d'exil de Louis-Philippe après celle de Napoléon et de Charles X), l'intention de tromper y est flagrante. Ces vers « écrits en 1846 » sont de novembre 1854.

Un de ses thèmes usuels, après 1870 surtout, est d'expliquer la lenteur de son évolution politique — il avait près de cinquante ans lorsqu'il devint, pour le rester, républicain et anticlérical — par le poids qui pesait sur lui d'une éducation catholique : les prêtres lui avaient fait l'esprit difforme ; il revenait de loin ; beaucoup de temps est nécessaire pour redresser le jeune arbre tordu. Pourquoi ai-je tant tardé à m'accomplir et à me séparer de vous, hommes noirs ? « Grâce à vous, misérables ! » Le malheur est que cette réponse ne vaut rien. Hugo n'a pas reçu l'« éducation fausse ». Sa mère était aussi parfaitement incroyante que son père. Hugo est le fils d'une voltairienne. Il n'a pas été baptisé. Il n'a pas fait sa première communion. Au collège des nobles, à Madrid, sa mère l'a déclaré « protestant », ainsi que ses frères, pour le dérober aux exercices religieux. Et cet abbé Larivière dont il fut le petit élève, à Paris, était un prêtre marié.

Il y a encore à son passif d'autres irrévérences à l'égard de la vérité. Ses carnets même, il sait fort bien qu'on les lira, car il va léguer à la Bibliothèque nationale *tous* ses papiers. Et il y note, le 14 mai 1869 : « J'ai écrit à Barbès pour lui offrir l'hospitalité toute sa vie et toute la mienne. » Mais on a retrouvé sa lettre originale, du même jour, à Barbès ; elle ne dit pas exactement la même chose : « Si jamais vous éprouviez le désir d'un tête-à-tête, je dis mieux, d'un cœur-à-cœur, souvenez-vous qu'il y a une chambre pour vous dans ma masure d'exil. » Et ce mot « masure » appliqué à Hauteville-House ! Une masure à grands salons, salle de billard et galerie de chêne… Passons.

« Je suis un peu poète, mais je suis beaucoup soldat » (à Alphonse Karr, 1841). Mâle affirmation, et qui sonne bien sur les lèvres de ce fils de guerrier. Karr n'ira pas scruter les archives des Jeux floraux pour y découvrir qu'à l'âge de l'appel sous les drapeaux le jeune Victor a remué ciel et terre pour être dispensé du service, en qualité de poète lauréat. Et s'il trouve humiliante la politique extérieure de Louis-Philippe, s'il estime que la France doit savoir brandir son glaive, s'il revendique la rive gauche du Rhin, c'est avec ce sous-entendu que son fils Charles ne sera pas mobilisable (l'autre fils, François-Victor, est de santé trop faible, réformé) ; le 17 mai 1847, la signature du « vicomte Victor Hugo », pair de France, s'appose au bas de l'acte administratif par lequel est « substitué » au sieur

Hugo, Charles, « appartenant à la classe 1846 » et qui, sur la liste des conscrits du VIIIe arrondissement, a tiré un mauvais numéro (le 28), un « remplaçant », le sieur Grangé, Adolphe, garçon de café, classe 1846 également, mais bénéficiaire du numéro non appelé 448. Coût : 1 100 francs.

On pourra bien aussi se plaire à constater que l'arrangement de *Pauca Meae* suggère, après la date du 4 septembre 1843 (mort de Léopoldine), une sorte d'ouverture d'abîme, un silence accablé de trois ans, alors que la pièce agreste et lumineuse du livre premier (pièce II) : *Le poète s'en va dans les champs [...]*, datée, dans l'édition, de juin 1831, est en réalité du mois d'octobre 1843, et que les grandes fougues amoureuses du poète et de Mme Biard, inspiratrice de beaucoup de vers enivrés, sont de l'année 1844. Et l'exil, la lourdeur de l'exil, le cœur qui saigne loin de la France, la privation, l'âpre nuit sur l'écueil, tant de hautes pages poignantes sur cette épreuve interminable et si stoïquement endurée, tout cela s'accorde mal avec tels aveux point publics : « Allons ! Il faut bien que je le dise. Décidément, j'aime l'exil [...]. Pas de visites à recevoir, pas de visites à rendre, le bonheur d'être seul, la lecture paisible, la rêverie paisible, le travail paisible, la sauvagerie [...]. »

Quant à ses prétentions nobiliaires, attention ! Hugo avait là-dessus des instructions précises de son père ; le général-comte Hugo tient à ce que ses enfants fassent état des titres qu'il leur transmet ; et lorsque Victor Hugo écrit, le 14 août 1829, à M. de La Bourdonnaye : « ma famille, noble dès l'an 1531 [...] », il répète ce que son père lui a appris et je suis persuadé qu'à cette date il y croit. Saura-t-il, plus tard, que son ascendance est toute roturière et paysanne, et que son arrière-grand-père n'était qu'un simple cultivateur à Baudricourt (Vosges) ? C'est probable. Il n'en est pas moins le fils d'un officier des armées de l'Empire, doté par l'Empire d'un titre espagnol. On ne le verra point, après 1848, faire l'aristocrate. Il ne signera plus « vicomte Victor Hugo » et sera, pour tout de bon, d'une parfaite indifférence sur l'article de sa généalogie. Son nom seul lui assure désormais assez d'illustration pour qu'il n'en désire nul surcroît hérité, douteux et vain.

Il a un côté grossier. Les éditeurs de ses « reliquats » ont laissé dans l'ombre quantité d'inédits dont ils estimaient l'odeur offensante. Il est bien vrai que le poète lui-même n'avait pas publié ces textes, mais il les avait écrits, et conservés. On en trouve d'ailleurs l'équivalent aussi bien dans Aristophane que dans Shakespeare et le contraste n'est pas plus étrange entre Titania et Falstaff qu'entre ces *pudenda* et la chanson d'Éviradnus. Reste que, dans la polémique, Hugo se bat sans beaucoup d'art, préférant à l'épée le gourdin et même, le plus souvent, la main nue. Un rustre ? Si l'on veut. Il fonce et cogne des poings et des pieds. Toutes les prises sont bonnes. Une fureur plébéienne, assurément pénible aux délicats [12]. Goncourt notera avec malaise (15 avril 1873) que le vieil Hugo prend des allures d'« ouvrier » quand il aborde certains sujets, comme les Versaillais ou l'armée de Mac-Mahon : « Une dureté implacable monte à sa figure, allume le noir de ses yeux. » On dirait d'un faubourien. Ces façons désobligent les honnêtes gens. M. de Falloux est d'un autre commerce.

Cependant, pour sa vie privée et dans ses rapports directs avec autrui, Hugo contrôle ses sentiments, se gouverne et se domine. Il n'a que vingt-neuf ans lorsqu'il se laisse emporter contre Gosselin (qui se conduit en aigrefin) à une explosion : « Vous avez voulu du scandale, M. Gosselin [...]. J'ai vos lettres. Vous ne vous faites pas l'idée de ce que sont vos lettres [...]. On y verra votre personne, votre esprit, votre style, et jusqu'à votre orthographe [...]. » Ces violences ne se reproduiront plus. Hugo est un homme qui sait prendre, et tenir, des résolutions. On lit dans son carnet intime, sous la date du 8 juin 1864, ceci : « Je me suis mis en colère hier soir. Cela m'arrive une ou deux fois par an. C'est trop. Je prends aujourd'hui la résolution de ne plus me mettre en colère. »

« Trois races, dit-il, dans mon sang » : Bretagne, Lorraine et Franche-Comté ; ce qui fait « un triple entêtement ». C'est là un trait de sa nature qu'il faut souligner parmi les plus fondamentaux. Une grande volonté. Le but qu'il a résolu d'atteindre, il y marche en se fouaillant s'il le faut. *Tenax propositi*. Le 4 octobre 1822 (il a vingt ans), il écrit à sa fiancée : « Vouloir fermement, c'est pouvoir » ; à son fils François-Victor, en mars 1852 : « Va, pioche, sois courageux ; tu sais ma devise : *perseverando* » ; dans *les Travailleurs de la mer* (1866) : « Presque tout le secret des grands cœurs est dans ce mot : *perseverando* » ; et dans *L'homme qui rit* (1869) : « Persévérer, secret de tous les triomphes. »

Des étroitesses d'âme ? Biré aurait été bien content de connaître les lettres de Hugo à Vacquerie, en mars 1864, lorsqu'il apprend que Lacroix, son éditeur, désire lancer, parallèlement à son propre *William Shakespeare,* le *Shakespeare* de Lamartine dont il redoute la mévente. Hugo s'insurge : « M. Lacroix m'emploie comme cheval de renfort... » ; il veut « me faire remorquer Lamartine » ; « je refuse net et dur ». Soit. Son point de vue peut se défendre. Mais, sachant Lamartine dans d'inextricables embarras d'argent, et en dépit de l'attaque portée aux *Châtiments* par le *Cours familier de littérature*, Hugo a souscrit immédiatement à l'édition, lancée par Lamartine en personne, de ses œuvres « publiées et inédites », en quarante volumes.

Des prudences et de l'habileté ? Sans aucun doute. Il a été fort attentif, pendant la bagarre du romantisme, à prendre ses sûretés d'un côté comme de l'autre. On le voit, en 1824, au plus fort du combat, affecter de rire de ces sottes étiquettes : « classique », « romantique » ; il ne veut connaître, pour sa part, que la bonne et la mauvaise littérature et laisse entendre qu'il y en a dans les deux camps. Il est au-dessus de la mêlée et joue les conciliateurs. En 1827, lorsque le romantisme s'est imposé, il écrit sa préface de *Cromwell* et prend la tête de l'armée victorieuse. Il a foudroyé le second Empire et fait « hurler le misérable » ; fort bien. Il veut pourtant espérer que ledit misérable ne poussera pas l'esprit de vengeance et l'infamie jusqu'à interdire la vente en France des *Contemplations* et œuvres suivantes. Il émondera donc ses textes, avec le plus grand soin, de toute allusion périlleuse et recommandera encore à Lacroix, le 24 décembre 1865, d'éplucher lui-même, une dernière fois, *les Travailleurs de la mer* : « Il va sans dire que si un mot, une ligne, semblait dangereux pour Paris, il faudrait le supprimer. » N'empêche qu'en 1867, alors que des négociations sont en cours pour une reprise de *Ruy Blas* à l'Odéon (et c'est la perspective de beaux droits d'auteur), Hugo lance son poème *la Voix de Guernesey* [13], dont il est à peu près sûr d'avance qu'il provoquera, en riposte, l'interdiction de *Ruy Blas* — ce qui se produit, en effet. Et c'est le même Hugo, dans sa prime jeunesse, si soucieux de se pousser et qui multiplie les poèmes courtisans, c'est le même qui, sans hésiter, a offert asile, au risque de se perdre, à son camarade Delon, impliqué dans l'affaire de la conspiration de Saumur et recherché par la police. Et s'il est vrai que Victor Hugo s'est montré, dans ses pires années, pesamment gouvernemental et tout à fait « louis-philippard », s'il a été l'homme des Tuileries après avoir été, vingt ans plus tôt, le poète officiel du sacre de Charles X, de larges portions de sa vie se développent en dehors de l'amitié du pouvoir et des avantages que comporte cette précieuse bienveillance : en 1829, Polignac sait fort bien que le jeune Hugo est au nombre des « fortes têtes » ; pendant sept ans au moins la monarchie de Juillet n'ignore rien de son opposition méprisante ; d'octobre 1849 à décembre 1851, Hugo ne saurait compter sur la faveur des gens en place ; au lendemain de la Commune, ce ne sont certes pas ses amis qui gouvernent. Mac-Mahon le trouvera au premier rang de ses adversaires [14].

Ces petites ruses auxquelles nous l'avons vu recourir, ces silences calculés le ramènent au niveau ordinaire des écrivains ambitieux. Le reste est moins courant, y compris le courage physique. Je ne parle pas du 2 décembre, mais d'une circonstance ignorée. On lira ici pour la première fois le document qui va suivre. C'est une lettre du 27 juin 1848, signée Cahagne de Cey [15], au président de l'Assemblée nationale, Senard. Cahagne écrit d'un élan. Il a vu quelque chose que Senard doit absolument connaître, quelque chose qui s'est passé le samedi 24 juin, devant les barricades de la rue Saint-Louis, au Marais. Je cite : « Trois barricades existaient dans la rue Saint-Louis. Depuis le vendredi 23, quelques admirables enfants des 13e et 24e bataillons de la garde mobile, et quelques gardes nationaux isolés de la VIe légion faisaient là le coup de feu. Nous avions perdu un assez grand nombre d'hommes sans avoir obtenu aucun avantage. Le samedi 24, vers deux heures après-midi, un homme vêtu d'un paletot gris, et sans aucune espèce d'insignes, s'écria au milieu de nous : — Il faut en finir, mes enfants ! Cette guerre de tirailleurs est meurtrière. On perd moins de monde en marchant bravement vers le danger. En avant ! Cet homme, M. le Président, était M. Victor Hugo, représentant de Paris. Il n'avait pas d'armes et cependant il s'élança à notre tête, et, tandis que nous cherchions l'abri des maisons, il occupait, seul, le milieu de la chaussée. Deux fois je le tirai par le bras, en lui disant : — Vous allez vous faire tuer ! — Je suis ici pour cela, répondit-il, et il continuait de crier : — En avant ! En avant ! Conduits par un tel homme, nous arrivâmes sur les barricades qui furent successivement enlevées [16]. »

Hugo, devenu républicain d'extrême gauche, ne parlera jamais à ses amis de sa conduite du 24 juin 1848, rue Saint-Louis. Il se bornera, dans *les Misérables,* à ceci, sur les journées de juin : « Les exaspérations de la foule qui souffre et qui saigne, ses violences à contre-sens sur les principes qui sont sa vie, ses voies de fait contre le Droit, sont des coups d'État populaires et doivent être réprimés. L'homme probe s'y dévoue, et par amour même pour cette foule, il la combat... C'est là un de ces moments rares où, en faisant ce qu'on doit faire, on sent quelque chose qui déconcerte [...]. On persiste, il le faut ; mais la conscience satisfaite est triste et l'accomplissement du devoir se complique d'un serrement de cœur [17]. »

Ce personnage complexe dont nous tentons l'approche, on répète qu'il n'a su tirer de lui aucune créature réellement vivante, que les héros de ses livres sont insubstantiels, qu'il n'a pas la moindre notion de psychologie, et que le contraire serait surprenant de la part d'un homme si plein de lui-même que cette enflure exclut jusqu'à la possibilité de l'introspection. Aucune trace chez lui — c'est M. Thierry Maulnier qui l'affirme — d'humilité, d'ironie, de connaissance de soi-même. Vraiment ? Quand je rencontre, une fois de plus, ces assertions catégoriques, je me demande toujours si celui qui parle avec tant d'assurance a lu, a réellement lu, les romans de Hugo. Qu'on le veuille ou non, Victor Hugo est l'un de ceux qui ont ajouté des êtres à notre univers. Si Rastignac existe, et Julien Sorel, et Mme Bovary, Jean Valjean existe aussi, irrécusable. M. Gillenormand possède, pour sa part, une authenticité assez virulente. Mess Lethierry, dans *les Travailleurs de la mer,* a du ton. Quant à la duchesse Josiane et au nommé Barkilphédro, il y a sur eux, dans *L'homme qui rit,* des pages bien curieuses. Mais il ne s'agit pas ici du romancier Victor Hugo, il s'agit de l'homme. Et M. Hugo, pour qui veut bien l'écouter, se révèle non seulement perspicace et doué d'une lucidité générale, mais fort éveillé au surplus sur son propre cas. Déjà nous l'avons vu capable de railler avec un âpre humour son messianisme embourgeoisé. J'ai bien l'impression aussi qu'il a dans sa glace le modèle du croquis suivant : « C'est un bourgeois marié et respectable. Il n'a pas besoin d'amoureuse. Il désire simplement une femme qui soit un peu indécente avec lui. »

Hugo conseille à la créature d'avoir pour elle-même « un regard inclément » et d'être sur son compte « économe d'extase ». Il est d'accord (sans le savoir) avec Bossuet aussi bien qu'avec Joseph de Maistre : le « juste », ici-bas, n'est guère, au fond, qu'un triste sire. Pour moi, dit-il, je suis « inquiet des meilleurs presque autant que des pires ». Tel groupe de vers, demeuré inédit jusqu'en 1911, dessine le tracé des avilissements ordinaires :

> [...] et l'on part pour la vie en disant :
> Je serai vertueux, incorruptible, probe
> [...] puis on avance, et l'on commence à voir
> Que le destin n'est pas une ligne bien droite [...].
> On s'indigne d'abord, puis on concède un peu.
> Il faut, pour réussir, moins planer dans le bleu,
> Descendre ; et l'on descend ; on s'amoindrit ensuite
> On s'aplatit, on rit, on dit : suis-je jésuite !
> On intrigue, on se pousse, on flatte, on rampe, on
> [ment [...].

Un court poème de *Toute la lyre* insiste encore sur ces « petites fautes » qu'on tient soi-même pour très vénielles et qui sont pourtant des « issues vers la nuit ». Et, en 1942, *Océan* nous a fait connaître ces autres vers, jusque-là réservés, sur la destruction d'une âme en apparence à peine ternie :

> [...] en somme
> A peu près la même âme et presque le même homme ;
> Mais presque c'est l'abîme ; à peu près c'est le mal.

A qui songe-t-il (est-ce à Sainte-Beuve ?) quand il prend cette note : « Il avait contre moi cette hostilité qui sort d'une intimité ancienne et qui est, par conséquent, armée de pied en cap » ? L'observation que voici est de son âge mûr : « La jeunesse est la saison des promptes soudures et des cicatrisations rapides » ; et c'est l'homme de *Pauca Meae* (1856) qui avoue, le 18 mai 1854 :

> Que la douleur est courte et vite évanouie
> Tout nous est bon pour oublier [...].
> Le tombeau le plus cher n'est plus qu'un point obscur.

« Un des plus rudes labeurs » de notre condition, dit-il dans *L'homme qui rit,* « c'est de s'extraire continuellement de l'âme une malveillance difficilement épuisable » ; et il ajoute : « Presque toutes nos convoitises, examinées, contiennent de l'inavouable [18]. » Paroles à quoi répondent ces lignes secrètes du *Postscriptum de ma vie* : « [...] Moi qui suis si entravé d'imperfections et qui ai tant à faire pour arriver à la bonté. »

40

Hauteville-House, façade sur la mer. Victor Hugo
entre Juliette Drouet et ses petits-enfants, Jeanne et Georges.

Sa propre aventure du milieu de ses jours, ses années démissionnaires de 1840-1847, il les jugera, il les condamnera publiquement sous la transparente fiction de Gwynplaine tenté par la pairie (d'Angleterre) et acceptant de se renier : « Toutes les choses inférieures, les ambitions, les volontés louches de l'instinct, reprenaient tumultueusement possession de ce cœur » ; « il avait été embourbé dans la grandeur... Ce qui est d'abord tentation finit par être captivité [19]. » Et les lignes qu'on va lire, écrites en 1868, sont un avertissement qu'il s'adresse : « On résiste à l'adversité mieux qu'à la prospérité » ; « l'ascension t'élèvera et t'amoindrira. L'apothéose a une sinistre puissance d'abattre. »

Du *Tas de pierres,* encore, cette note si visiblement personnelle qui date de 1847 : « L'homme ne saurait tomber tout à fait tant qu'il est tenu par le travail, cette forte et solide attache au bien. »

Que de choses il faut pardonner en songeant
A ce qu'on fait soi-même !

Et l'allure objective d'une rapide remarque insérée dans le *Post-scriptum de ma vie* ne saurait nous tromper sur sa valeur de confession : « Certains hommes », écrit Hugo, d'un côté aspirent à « tout ce qu'il y a de pur, d'élevé, de rayonnant, et de l'autre ils se repaissent de turpitudes. » C'est dans le vaste amas des inédits révélés en 1942 qu'on lit cette esquisse de lui-même :

> Tel que je suis, rêvant beaucoup et valant peu.

Et déjà il avait jeté en 1871 ces trois vers où se résumait une vie :

> Est-on sûr d'avoir fait, ne fût-ce qu'à demi
> Le bien qu'on pouvait faire ? [...]
> Même celui qui fit de son mieux a mal fait.

Et l'argent ? L'« avarice du père Hugo » est passée à l'état de légende. On cite la chanson moqueuse d'Auguste de Châtillon — dont il convient de préciser qu'il était ce que l'argot du boulevard appelait déjà un « tapeur » professionnel (et d'ailleurs secouru, précédemment, au moins une fois par le même Hugo qu'il avait vilipendé, et qui le savait). Léon Daudet, dans sa vie romancée de celui dont il avait été, un temps, le « petit gendre », n'a pas omis de répéter que Victor Hugo ruinait ses éditeurs et que ses contrats étaient léonins. « Avare », l'épithète figure en toutes lettres parmi celles, avenantes, que le poète relève quotidiennement à son adresse sous la plume des journalistes amis de l'ordre, en 1871 ; mais c'est Juliette Drouet elle-même qui le nomme, en souriant, dans un billet du 30 mars 1857 : « Mon cher petit Harpagon » ; et le volume *Océan* nous a fait connaître ces vers qui constituent un document assez curieux :

> Pauvre père inquiet, travaille sans repos,
> Porte de vieux habits, porte de vieux chapeaux,
> Prive-toi pour léguer l'aisance à ta famille,
> Épargne sou par sou pour tes fils, pour ta fille,
> Garde-leur, scrupuleux, le peu d'or que tu tiens,
> Fais pendant vingt-cinq ans la fourmi pour les tiens,
> Les tiens, tous les premiers, t'appelleront avare.

Disons donc provisoirement, comme le poète l'écrivait de Louis-Philippe : « Avare signalé, mais non prouvé » ; puis efforçons-nous de savoir à quoi nous en tenir.

Hugo et ses libraires, d'abord. La question, depuis 1923, est débrouillée [20]. Elle l'a été par quelqu'un qui n'avait aucune amitié pour Hugo homme politique, quelqu'un cependant, quand il le voulait, qui savait travailler : Pierre de Lacretelle. Lacretelle a étudié, avec une conscience d'archiviste, les rapports d'affaires du poète et de ses éditeurs successifs, et il a publié les résultats de son enquête dans deux articles de la *Revue de France* [21]. Sa conclusion, que fonde la plus indiscutable série de preuves, est formelle : de la part de Victor Hugo à l'égard des Renduel, des Gosselin, des Duriez, des Lacroix, « une correction absolue », du « désintéressement », voire, à l'occasion, « une indulgence extrême ». Si *les Misérables* lui rapportent une belle somme, son éditeur en gagnera, avec ce livre, une plus belle encore (Hugo, 300 000 francs ; Lacroix, 517 000 francs de bénéfice net). Le 24 décembre 1848, l'année ayant été très mauvaise pour la librairie, c'est le poète qui, spontanément, ajoute une année de propriété de plus, en faveur de Duriez et Cie, au contrat du 2 septembre 1839 par lequel il avait cédé à cette société la vente exclusive, pour dix ans, de ses œuvres complètes.

Fontaney se choque, en 1831, de l'entendre parler littérature d'un ton de commerçant qui dresse ses plans avec clarté et sait exactement ce qu'il produira à telle date et pour tel prix ; « comme il voit la chose matériellement ! comme il calcule sa production ! » Le 26 août 1831, Fontaney le trouve consterné parce que le beau temps persiste et que rien n'est plus désastreux pour les représentations de *Marion Delorme* ; le 7 septembre, il y a des troubles dans Paris, et Hugo se désole « parce que l'émeute, la recette... ah ! génie ! » Mais Fontaney ajoute, loyal : la littérature, pour Hugo, est très exactement « son état, sa profession ; il faut qu'il en vive, lui et sa famille ». On ne songe pas assez à ceci : que, à la différence de tous ses confrères en poésie, Hugo n'a que sa plume pour vivre et pour faire vivre une famille nombreuse. Lamartine a de grands biens ; Vigny, moins opulent, a ses terres et son eau-de-vie ; Musset jouit de rentes confortables. Hugo n'a rien. Son père ne lui a laissé qu'une maison délabrée en Sologne, dont il a eu beaucoup de mal à se défaire pour un morceau de pain. Sa femme est tout aussi démunie que lui. Il travaillera donc, obligé (comme il le dira à Carrel en mars 1830) de faire « à la fois une œuvre et une besogne ».

Acharné, méthodique, il se construira, par ses livres et par son théâtre, une fortune qui ne doit rien à l'exploitation d'autrui. Il a été aidé par Louis XVIII à ses débuts ; mais, en 1829, il refuse l'augmentation de pension que veut lui accorder Charles X pour compenser l'interdiction de *Marion Delorme*. Sous Louis-Philippe, le ministre de l'Instruction publique, Villemain, qui est son ami, lui offre des bourses pour les études de ses fils ; il décline néanmoins ce cadeau qu'on veut lui faire, ayant les moyens d'élever ses enfants à ses frais, et ne comprenant pas — le naïf ! — qu'on veuille mettre à la charge de l'État ce que l'on peut sans peine payer soi-même [22]. En 1848 après vingt-six années de travail soutenu, il aura gagné quelque 550 000 francs au total, sur lesquels il a pu épargner 300 000 francs, dûment placés en rentes d'État, soit, en monnaie d'aujourd'hui (1951), environ quatre-vingt-dix millions. Mais il s'est imposé, et il impose aux siens, une règle stricte : on ne doit dépenser, chaque année, que le revenu du capital, et jamais davantage. Le capital est sacré. Il constitue cette réserve qui est destinée, d'une part, à assurer l'indépendance des parents sur leurs vieux jours, d'autre part et surtout à aider les enfants : des dots pour les filles, des ressources de départ pour les deux garçons lorsqu'ils choisiront une carrière. Hugo n'a plus, à partir de 1843, qu'une seule fille. Il destine 50 000 francs (disons quinze millions) à la dot d'Adèle, et sera prêt à les lui remettre lorsque en décembre 1861 il consentira à son mariage avec le lieutenant Pinson. Quant à ses fils, l'un des drames de son foyer sera leur oisiveté à tous deux. Ils ne prendront aucun état et demeureront l'un et l'autre à sa charge jusqu'à leur mort. D'où de longs murmures, à portes closes, dans la famille, contre ce père ridiculement ancré à son axiome : pas d'excédent de dépenses au-delà du revenu. Déjà Mme Hugo, fort amie des réceptions, des grandes soirées, des fêtes mondaines, s'était insurgée plus d'une fois contre la discipline financière établie par le chef de famille. Elle fera chorus avec son fils et trouvera, quant à elle, à partir de 1858, l'issue du « petit changement d'air » annuel dont elle fixe adroitement la durée à peu de jours et qu'elle étire, une fois au loin, jusqu'à d'étonnantes limites. En 1859, par exemple, on a convenu qu'elle irait, pour un mois juste, en Angleterre. Elle quitte Guernesey le 11 mai et n'y reviendra que le 6 septembre, ayant, de quinzaine en quinzaine, puis de huit en huit jours, différé son retour sous les prétextes les mieux trouvés. Quand ses fils auront déserté la maison, Hugo, dans l'espoir, toujours, de les inciter au travail, leur allouera des pensions modestes (150 francs, puis 200 francs par mois ; autrement dit, 45 000 puis 60 000 francs de 1951). Ils font des dettes, que leur père, un moment, feint de laisser à leur charge, mais qu'il finit toujours par éteindre lui-même à l'occasion du nouvel an ou de quelque événement familial [23]. Et les cadeaux exceptionnels ne leur manquent pas non plus. A Charles, 30 juin 1861 : « Je t'avais donné 100 francs à condition de venir avec moi dans les Ardennes. Les veux-tu sans conditions ? J'y consens. Je ferai plus : je te donnerai 150 francs et tu ne seras pas forcé de venir aux Ardennes. Cela te va-t-il ? Si cela te va, tope ! » A François-Victor, 3 octobre 1863 : « Je t'achète ton armoire. Tu m'en demandes 90 francs ? Je ne puis t'en donner que 100 ; et encore j'y mets la condition qu'elle restera dans ta chambre. »

Ce qui exaspérait ses enfants, c'est l'argent qu'ils entendaient tomber par masses dans la caisse paternelle (pour *les Misérables*, pour le *William Shakespeare*, pour *les Chansons des rues et des bois*, pour *les Travailleurs de la mer*, pour la préface de *Paris-Guide*, pour les représentations d'*Hernani* en 1867, pour *L'homme qui rit*) sans que leur père renonçât pour autant à ses recommandations et à ses plaintes perpétuelles : économies ! économies ! restrictions ! « Je suis gêné », « pas le sou », « embarras », etc. Il s'entêtait à espérer qu'en leur tenant la bride courte il les forcerait à gagner leur vie ; et puis, il savait trop bien, connaissant sa femme, et Charles le joueur, et Victor l'élégant, que s'il ne veillait pas durement à leurs intérêts mêmes, ils se fussent à eux trois, abattus comme des furieux sur la « réserve sainte ». Son budget de la charité, au demeurant, est d'une ampleur peu commune [24]. A Hauteville-House, le *tiers,* annuellement, des dépenses courantes est employé à des dons incessants et de toute nature : de la viande à telle famille, du charbon à telle autre, des layettes pour les accouchées, le pain à discrétion pour qui vient en demander à la porte de la maison, et, à partir de 1862, le dîner hebdomadaire des enfants pauvres de Saint-Pierre-Port (ils sont douze, d'abord, puis vingt, et bientôt quarante). Du 5 septembre 1870 — jour de son retour à Paris — au 31 décembre, Hugo a donné, en argent liquide, de droite et de gauche, 4 365 francs (plus de 1 200 000 francs d'aujourd'hui). Et, bien entendu, comme on le sait riche, les solliciteurs se font légion. Son secrétaire, Richard-Lesclide, classe, en quarante-huit heures, telle semaine de l'année 1878, trente-quatre lettres de quémandeurs qui réclament, au total, 240 000 francs (lisez : soixante-douze millions de 1951). Comme il est évident que le vieux poète ne saurait répondre à toutes ces supliques, les mécontents sont nombreux et le taxent de monstrueux égoïsme. L'égoïste n'en versait pas moins 1 225 francs par mois à son ex-belle-fille Alice, remariée et devenue Alice Lockroy, pour l'aider à élever, comme des enfants trop comblés, Georges et Jeanne.

L'argent pleuvait sur le vieil Hugo. C'est dans la dernière partie de sa vie surtout, à partir de 1870, qu'il devint très riche. Ses œuvres anciennes étaient constamment réédités. Son *Quatrevingt-Treize,* pour sa seule première édition, lui rapporte plus de 70 000 francs (soit vingt et un millions de 1951). Ses carnets indiquent des rentrées fréquentes et vastes, et on le voit plusieurs fois par an noter des visites à la banque Rothschild pour d'énormes dépôts et des ordres d'achat de « consolidés anglais ». Son capital, en 1885, atteindra à peu près sept millions ; autrement dit, Hugo est mort deux fois milliardaire, en monnaie d'à présent. La passion de posséder a fini par l'envahir. Ses anciennes raisons de sagesse, de prudence démasquent leur visage de prétextes. Il subit la fascination de l'argent. Ce vieil homme, qui ne s'intéresse plus à grand-chose, n'a d'attention réelle que pour l'or qui croule dans son coffre. Un jour, à Guernesey, le 17 septembre 1878, une lettre de Meurice lui apprend qu'il vient encore de s'enrichir de 163 000 francs (107 000 francs versés par ses libraires, 27 000 francs de dividendes pour ses actions de la Banque nationale belge, 29 000 pour ses droits d'auteur d'*Hernani*) : « Ces nouvelles le galvanisaient. » La preuve qu'il tourne à la ladrerie nous est fournie par une lettre de Juliette Drouet, dont le désintéressement a toujours été exemplaire et qui se voit contrainte, le 14 décembre 1880, de lui écrire : « Je te supplie de ne pas te faire juge de mes petits besoins personnels au fur et à mesure que je les éprouve. Quoi que je te demande, sois sûr que je n'irai jamais au-delà du possible » ; il s'agit de pauvres atours pour une très vieille dame et sur lesquels l'octogénaire richissime lésine misérablement, au point que Juliette, la résignée, proteste tout de même : « La situation que tu m'as faite dans ta maison ne me permet pas de me subalterniser aux yeux des personnes que tu y reçois par des dehors peu en rapport avec ta fortune… »

Hélas ! Mais on ne juge pas un homme sur ce qu'il fut au terme de sa longue route lorsque déjà il n'était plus que le survivant difforme de lui-même.

Le chapitre « femmes », dans la vie de Hugo, est très encombré. On sait que Hugo s'est marié vierge, à vingt ans. Non qu'il fût sans désirs, et calme anormalement ; au contraire, un garçon vibrant et plein d'appétits, qui fait, à seize ans, une traduction libre du *Priape* d'Horace et qui compose des poésies galantes. « Belles », dit-il, à propos de ses vers, « belles »,

Mme Victor Hugo, par elle-même.

> Ma bouche, quand vous les chantez,
> Ne demanderait que leur place.

Mais il aime de tout son cœur et de toutes ses forces cette Adèle Foucher qu'il épousera et il veut se garder, pour elle, intact. « Combien est grande ta puissance sur moi, lui écrit-il, puisque ta seule image est plus forte que toute l'effervescence de mon âge. »

Il adorera cette jeune femme éblouissante sur laquelle il s'est jeté, et se souviendra encore, dans sa vieillesse, de leur première nuit d'amour (la nuit du 12 au 13 octobre 1822). Quelques années de bonheur [25], puis viennent les chagrins, les angoisses, les larmes.

Adèle a eu cinq enfants en huit ans et n'en veut plus d'autres. C'est du moins ce qu'elle lui déclare après la naissance de leur petite Adèle, en juillet 1830. Mais ce qu'elle lui cache, et qu'il devine, c'est qu'un autre lui a pris le cœur [26]. Elle aime Sainte-Beuve, qui la convoite et qui, savant, précautionneux, bridé aussi par telle incommodité, arrivera lentement à ses fins. Hugo, que sa femme repousse, va devenir, en février 1833, l'amant de Juliette Drouet. Il confiera, bien des années plus tard, à son beau-frère Paul Chenay qu'il n'avait jamais trompé sa femme avant de prendre Juliette. Pourtant, que veulent dire, dans *les Feuilles d'automne,* ces allusions (pièces XIV, XVIII, XXXVII) datées de mai et de juin 1830, au « fardeau croissant des repentirs », aux « plaisirs étranges », aux souvenirs secrets « de honte et d'amertume »

> Qui font monter au front de subites rougeurs ?

Une chose est sûre : Adèle l'a désormais délié à son égard. Il ignore sans doute à quel point sont fondées les raisons qu'elle a de lui rendre sa liberté charnelle. Il la voit douce et bonne et indulgente : ces plaisirs qu'il lui faut et qu'elle ne peut plus lui dispenser, allons, elle fermera les yeux ; qu'il les savoure ailleurs pourvu qu'il la sache toujours sa meilleure amie. La « meilleure amie » couche avec Sainte-Beuve, s'enfuit au petit jour dans les bois près des Roches pour y caresser son amant tandis que son mari et ses enfants dorment encore, et se fait adresser des lettres poste restante sous le nom de « Mme Simon » — ayant du reste pour complice la jeune tante pauvre, Martine Hugo, veuve du major Francis, que Victor, généreusement, héberge. « Tu peux faire tout au monde, lui écrit-elle le 5 juillet 1836. Pourvu que tu sois heureux, je le serai… Jamais je n'abuserai des droits que le mariage me donne sur toi. Il est dans mes idées que tu sois aussi libre qu'un garçon… Rien n'altérera ma tendresse pour toi, si solide et si complètement dévouée *quand même.* Date Lilia ! »

Comme il en profite, de cette permission illimitée ! Juliette, Juliette « et ses durs tétons bretons » [27], ne tarde pas à ne plus lui suffire. Il a des aventures galantes à chaque occasion et les deux issues de sa maison, place Royale, avec l'escalier qui monte directement à son bureau, lui rendent de grands services. Sa vie sentimentale, sous la monarchie de Juillet, est un entrecroisement d'intrigues sans nombre [28]. Il ne dédaigne ni les courtisanes de grand style (comme Esther Guimont), ni les comédiennes illustres ou débutantes (Alice Ozy aussi bien que Paméla), ni même, à la rencontre, les grisettes et les filles de joie. Et Juliette le gronde sur sa chasteté... Au milieu de tout ce désordre, une passion soudaine : Mme Biard, qu'il se met à aimer comme il a aimé Juliette jadis, dans leurs plus beaux jours. Mais Mme Biard elle-même est incapable de le fixer.

L'exil, sur ce point aussi, lui sera salutaire. Il se reprend, dans toute la mesure où il le peut, aidé par le travail et la demi-solitude. Plus d'actrices là-bas, du moins, ni de demi-mondaines. Mais des tentations malgré tout, dans la rue des Cornets, à Saint-Pierre, où sont les prostituées, et sur le sable des plages, et sous son propre toit. Ses carnets intimes ont une brève et brutale éloquence ; tout y est noté, décompté. Pendant plus de dix ans (de sa cinquantième à sa soixantième année à peu près) Hugo va vivre une vie charnelle restreinte. Juliette est là, et il la voit sans cesse, et il la chérit d'un profond amour ; mais, d'un commun accord, ils ont renoncé aux étreintes — hormis quelques commémorations. Et c'est pour lui la saison des œuvres capitales : *les Châtiments*, *les Contemplations*, *Dieu*, *la Fin de Satan*, *les Misérables*. Lorsqu'il prend l'habitude des voyages annuels en Belgique, ses séjours à Bruxelles n'iront pas sans un certain nombre de visites tarifées, à partir de 1865 notamment. Ce sont là des débordements qu'il s'accorde entre deux longues périodes de labeur et d'abstinence relative, dans son île. Le retour à Paris (il a soixante-huit ans) va rouvrir pour lui, en l'aggravant, l'époque des désordres ininterrompus, fermée depuis 1851. C'est une ruée, sur sa gloire et ses recommandations utiles, de toutes les petites théâtreuses de Paris, car ses pièces vont reparaître sur les scènes de la capitale. Il cède à toutes les provo-

Juliette Drouet, par Champmartin.

cations, déchirant le cœur et la fierté de Juliette qui assiste, impuissante, à ces « tournois de galanterie ». « Sa satisfaction intime c'était d'être resté vert-galant, et de passer énergiquement pour tel. » De qui, cette phrase, et sur qui ? De Victor Hugo décrivant le vieux Gillenormand. C'est lui-même exactement préfiguré, lui que Goncourt entend préciser, dans un cercle d'admirateurs, le 26 mars 1872, qu'un discours à prononcer « le fatigue comme de faire l'amour trois fois, quatre même ».

Le gamin Cupidon, dans mon vieux cœur banal,
Fait sa rentrée, avec trompettes et fanfares.
                                    [...] je rature
Une aventure en moi par une autre aventure [29].

Les lettres de la malheureuse Juliette — qui a subi
plus que lui ce qu'elle nomme « le travestissement de
la vieillesse » — vont s'emplir d'admonestations sup-
pliantes : « Voilà longtemps que la chasse fantastique
dure sans que tu en paraisses lassé » (18 novembre
1873) ; « tu souffres de la plaie vive de la femme, qui
va s'agrandissant » (28 juillet 1874) ; « tes sacrilèges et
multiples tentatives de suicide [30] » (11 novembre
1878) ; « les femmes charmantes qui t'adulent... »
(21 juillet 1879) ; « je passe ma vie à recoller tant bien
que mal les morceaux de mon idole » (8 août 1880).

En août 1872, s'il a quitté Paris pour regagner sa
vieille demeure d'exil, ce n'est pas seulement à cause
de son désenchantement et de son amerturme, ce n'est
pas non plus en vue seulement du silence et de la paix
qui lui sont nécessaires pour écrire ce *Quatrevingt-
Treize* médité depuis 1863, mais c'est aussi, soyons-
en sûrs, pour échapper à ses démons et tenter de se
reconquérir. Hélas ! à Guernesey, l'attrait de la femme
le poursuit, plus terrible encore d'être sans concur-
rence, et toutes ses convoitises rassemblées sur un objet
unique font en lui une flamme d'incendie. C'est une
jeune fille, une femme de chambre, Blanche (elle a
vingt-trois ans), qu'il se met à désirer violemment.
Déjà, l'année précédente, il a aimé, ou cru aimer, une
femme plus jeune encore, la veuve d'un communard
fusillé, Marie Garreau, qui s'est jetée dans ses bras,
qui le chérissait, l'admirait, l'adorait, voulait qu'il lui
fît un enfant [31]. Blanche sera sa dernière passion. Il
rentre à Paris en juillet 1873 ; le voilà de nouveau dans
ce qu'il va nommer « les molles cités pleines de femmes ». Blanche l'envoûte au point que, ayant juré sur
la tête de son fils mourant, et pour que Juliette relâche
enfin sa surveillance, de ne plus revoir la jeune femme,
il la retrouve cependant chaque jour. Juliette intercepte
une lettre et s'enfuit, ravagée, sans donner d'adresse.
Hugo traverse une semaine pénible. Juliette, qui s'était

cachée à Bruxelles, revient ; nouveaux serments hypo-
crites, et reprise des amours clandestines. En 1878,
après six ans, Blanche toujours [32], et d'autres en même
temps.

> Ô jeunesse, ô seins nus des femmes dans les bois [...].

On a beaucoup de mal, après son attaque, à l'entraî-
ner à Guernesey. Meurice lui sert de boîte aux lettres
occulte pour ses correspondances galantes. Néanmoins,
en novembre, au moment de regagner Paris, lui qui ne
cessait d'attendre ce retour, il prend peur, on dirait
qu'il cherche à gagner du temps ; il s'embarque crispé,
muet.

Jusqu'à la fin, une virilité exigeante, jamais assouvie.
Interminable revanche de l'âge sur une adolescence
préservée. Son carnet, commencé le 1er janvier 1885,
en fait encore état jusqu'à la date du 5 avril 1885. Il
s'alitera le 14 mai pour ne plus se relever.

Chose étrange, cependant, et peu connue : chez cet
homme d'une telle voracité sensuelle, un malaise persiste, une division, d'un bout à l'autre de sa vie, quant
au geste charnel de l'amour. Si le jeune Hugo s'est
gardé farouchement pur jusqu'à son mariage, c'est qu'il
obéissait déjà à une crainte obscure mêlée à ses désirs.
Voyez, dans *les Misérables*, les sentiments de Marius à
la veille de son mariage avec Cosette. Il frémit de joie,
et en même temps une espèce d'angoisse est en lui :
« Il y avait là un côtoiement inconnu, la chair, devant
lequel reculait, avec une sorte d'effroi sacré, cet innocent. » Ainsi encore, dans *L'homme qui rit*, Gwynplaine devant Déa : « L'ancien adolescent pudique se
sentait devenir trouble et inquiétant ; des voix
inconnues lui faisaient des offres [...] ; la chair, c'est le
dessus de l'inconnu ; moment redoutable que celui où
l'on veut la nudité [...]. Que de ténèbres dans cette
blancheur de Vénus ! » Citons en vrac des textes preuves qui s'offrent à nous à foison, attestant la condamnation que porte Hugo, comme malgré lui, sur la sexualité : « L'esprit quête »

> Les satisfactions immondes de la bête [...].
> Le corps est condamné ; le sang est incurable.

Qu'est-ce que la femme ? « Promesse aux sens, menace à l'âme. »

Le cœur par la chair se corrompt.

« Chair, punis l'âme, ta complice ! » qui chante aux sens l'hymne trompeur pareil au bourdonnement de la mouche folle de la flamme où elle brûlera. La femme, écrit Hugo, « participe du gouffre ».

N'est-ce pas le serpent qui vaguement ondule
Dans la souple beauté des vierges au sein nu ?

Qu'on se remémore les pages de *L'homme qui rit* où Gwynplaine se trouve en face de Josiane ; elle est couchée sur ce lit qu'entourent des mousselines ; « au centre de la toile, à l'endroit où est d'ordinaire l'araignée, Gwynplaine aperçut cette chose formidable : une femme nue » ; et l'étonnant chapitre où Gwynplaine succombe à Josiane, comment Hugo l'a-t-il intitulé ? « Satan » [33].

Hugo a besoin de se convaincre que Dieu ne le maudit point à cause de sa vie coupable. Que sa femme l'autorise à se conduire selon sa faiblesse, il n'en est point, pour autant, rassuré du côté du ciel. Ses contemporains l'ont entendu, dans *les Chants du crépuscule,* demander au Seigneur, à genoux, qu'il veuille bien les absoudre, Juliette et lui, ne pas les punir du moins pour cette faute qu'ils sont incapables de ne plus commettre. Le 20 mai 1839, il écrit à Juliette elle-même : « Nous avons beaucoup souffert, nous avons beaucoup travaillé, nous avons fait beaucoup d'efforts pour racheter, aux yeux du Bon Dieu, ce qu'il y avait d'irrégulier dans notre bonheur par ce qu'il y avait de saint dans notre amour. » Et quand il apprend, le 9 septembre 1843, la mort de sa fille, dans les deux lettres qu'il griffonne à sa femme et à Louise Bertin, les deux fois le même cri, la même interrogation dont il étouffe au fond de lui l'épouvantable réponse : « Oh ! mon Dieu, que vous ai-je fait ? »

On se souvient de ses strophes poignantes sur les jeunes morts intacts :

Ils ont ce grand dégoût mystérieux de l'âme
Pour notre chair coupable et pour notre destin ;
Ils ont, êtres rêveurs qu'un autre azur réclame,
Je ne sais quelle soif de mourir le matin.

Mais a-t-on pris garde à cette marque, toujours la même, qu'impose le poète — discrètement, mais elle est là — à tous les personnages capitaux de ses romans, je dis bien *tous* : Jean Valjean, Gilliatt, Gwynplaine, Cimourdain ? Tous sont des hommes vierges, comme le sont aussi Enjolras et Javert.

Ses carnets intimes nous fournissent encore une constation singulière ; chaque fois qu'il va retrouver Blanche (ou une autre), il vide en chemin son porte-monnaie dans les mains qui se tendent vers lui (« A des pauvres rencontrés... »). Encadrant sa fornication ultime du 5 avril 1885, deux notes du 29 mars et du 8 avril : « aux pauvres : 350 francs » ; « aux pauvres : 1 100 francs ». Peut-être pense-t-il toujours que la charité, même sous sa plus humble forme, l'aumône, couvre devant Dieu une multitude de péchés.

Hugo, l'homme aux quatre enfants, le père de famille nombreuse, c'est un aspect de lui dont ses biographes ne parlent guère, préférant s'étendre sur ses amours, sujet plus pittoresque et plus alléchant. Et pourtant, son foyer, Hugo y pensait plus qu'à son œuvre, plus qu'à Juliette, plus qu'à tout au monde. Il aimait les siens avec emportement. C'était un homme que l'enfant bouleversa toujours avec son regard d'innocence.

Marié très jeune, à vingt-huit ans il règne, comme il dit, sur « une populace de marmots » : deux garçons, deux filles. « Il prend au sérieux toute cette aurore [34]. » Il a déjà connu le déchirement, l'espèce de stupeur de voir mourir son premier-né, le petit Léopold qui n'a fait que passer dans ses bras (il est mort n'ayant pas encore ses trois mois). Il connaîtra de nouveau, deux fois au moins, des heures horribles : en 1832, quand Charles qui n'a que six ans — Charlot, le « gros Charlot », le « cher gros petit Charlot » — est atteint du choléra ; et, dix ans plus tard, quand François-

Victor — dit « Toto », dit « Cascarinet » — a sa pleurésie purulente [35].

> Je ne veux habiter la cité des vivants
> Que dans une maison qu'une rumeur d'enfants
> Fasse toujours vivante et folle.

En septembre 1843, sa fille aînée Didine (Léopoldine), dix-neuf ans, et déjà mariée, lui est arrachée par
la mort ; elle se noie dans la Seine, à Villequier. Les
années coulent. 1856. Les fils sont des hommes.
Charles a trente ans juste ; François-Victor en a vingt-
huit.

> Mes grands garçons de fils m'embrassent en rentrant ;
> Ce sont d'anciennes mœurs que nous avons gardées.

Chaque été, le 20 juillet, grande fête à la maison :
c'est la Saint-Victor. Hugo à Noël Parfait, 19 juillet
1855 : les miens « me croient sorti et bouleversent mon
jardin pour me faire ce soir une illumination en verres
de couleur [...]. Je fourre mon nez dans la surprise et
je me l'évente à moi-même ». En mai 1859, Charles
est allé à Londres, pour quinze jours, et le poète lui
écrit : « Dans le groupe à part que nous faisons, nous
avons toujours de la peine et de l'arrachement à nous
séparer, même pour peu de temps. Sur cette terre, ce
qu'il y a de mieux pour nous, c'est nous. Il n'y a rien
hors de cela : s'aimer. » En 1861, c'est le père qui est
parti ; il est allé construire, sur les lieux mêmes, son
récit de la bataille de Waterloo, et François-Victor est
resté seul à Hauteville-House ; le livre est achevé, et
Hugo va revenir : « Monsieur Toto, tenez-vous bien !
voilà que je vais arriver ! J'en aurai à vous causer et
vous en aurez à me dire [...]. »
Ces grands fils lui donneront bien des soucis. Charles
est d'une mollesse navrante. François-Victor est un élégant qui, pendant des années, se laissera vivre. En
1847, Charles a été léger et cruel. Il voulait son indépendance tout de suite, et de l'argent ; il avait quitté
la maison. Les choses s'étaient arrangées, malgré tout,
et, un moment, grâce à Lamartine, son père avait cru
qu'une carrière enviable allait s'ouvrir pour le jeune

Les deux fils, Charles et François-Victor, par Boulanger.

homme. Lamartine l'avait nommé « aspirant diplomatique » et voulait l'envoyer à Rio. Puis, tout le projet avait été renversé par la faute du nouveau ministre des Affaires étrangères, Bastide. A Bruxelles, en 1852, Charles, qui devrait comprendre que la vie se fait désormais sévère, s'amuse, rentre à des heures impossibles ; et le poète écrit à sa femme (22 février 1852) : « Je fais ce que je peux pour qu'il se plaise près de moi ; je suis triste qu'il ne t'en dise pas un mot dans sa lettre [...]. »

> Hélas ! souvent un père en qui brûle une flamme
> Dans son fils qui grandit voit décroître son âme.

Et la phrase suivante se glissera dans *les Travailleurs de la mer* : « Vouloir faire son enfant heureux trop tôt c'est peut-être une imprudence. »

Léopoldine au livre d'heures, par Auguste de Châtillon.

Fin 1852, c'est la conduite de François-Victor qui le consterne. François-Victor est l'amant d'une comédienne des *Variétés*, Anaïs Liévenne, richement entretenue ; et il vit chez elle avec une inconscience inouïe. C'est bien le moment, après *Napoléon-le-Petit* qui vient de paraître, d'aller offrir à l'ennemi cette aubaine d'un scandale déshonorant pour la famille ! La situation traîne pendant des mois, Hugo ne sachant que faire. Enfin sa femme, envoyée par lui à Paris tout exprès, finit par en ramener François-Victor — avec Anaïs qui, par bonheur, repartira bien vite, consolable. Charles s'occupe, écrit, publie des nouvelles, des romans, une bonne pièce (jouée à Paris en mars 1861) ; on dirait qu'ils s'améliore ; et François-Victor, qui s'est lancé dans un travail monumental : la traduction complète des œuvres de Shakespeare, y révèle un beau courage à la besogne. Mais voici Charles qui fait sécession, rompt l'exil, s'établit à Paris (octobre 1861) sans en avertir son père — d'abord indigné et profondément malheureux, puis qui cède, qui accepte, et déclare à voix haute que si son fils aîné est rentré en France, c'est en plein accord avec lui, et sur son conseil même. Par bonheur, François-Victor travaille toujours, à Guernesey, avec une persévérance admirable ; il mettra dix ans, ou presque, à bâtir son œuvre, et elle est bonne, sérieuse, excellente même. Il désertera cependant à son tour, prenant le prétexte d'un deuil : sa fiancée, Émily de Putron, fille d'un armateur guernesiais, est morte (« de la poitrine ») en janvier 1865 ; il dit qu'il ne peut plus supporter cette île qu'il parcourait, si souvent, avec la jeune fille ; il s'en va. Au vrai, la solitude insulaire lui était devenue intolérable, comme à son frère, comme à sa mère. Et le vieux poète reste seul dans la maison vide.

L'année 1863 a été tragique. Hugo a vu s'enfuir sa fille Adèle qui lui a fait croire qu'elle allait retrouver sa mère, à Paris, et qui a pris le chemin de l'Amérique. Depuis des mois, depuis des années même, elle était étrange. Peut-être s'était-elle mal remise d'une grave maladie qu'elle avait eue en décembre 1856 ; elle avait refusé plusieurs mariages ; elle se murait dans sa chambre, jouait du piano du matin au soir, se montrait absolument indifférente à sa toilette, à l'hygiène même. Sa mère l'avait emmenée, pour la distraire, à Paris en 1858, à Londres en 1859, à Bruxelles et à Spa en 1861. Cette année-là, en décembre, elle annonce à son père qu'elle se tient pour fiancée à un lieutenant de l'armée britannique, Albert Pinson, qu'elle a connu jadis à Jersey. Hugo consent et reçoit le jeune homme qui vient passer vingt-quatre heures à Guernesey, le jour de Noël 1861 ; puis il n'est plus question de mariage. Au début de 1863, un nouveau prétendant apparaît, un poète sicilien, Tomaso de Cannizario. Hugo voudrait que sa fille — elle aura trente-trois ans en juillet — l'accueillît. Elle l'écarte. Et le 18 juin, elle exécute son coup de tête ; elle va poursuivre jusqu'en Nouvelle-Écosse ce Pinson qui ne veut pas d'elle. En septembre, elle écrit, d'Halifax, qu'elle est mariée, et les journaux de Bruxelles, de Paris publient la nouvelle. Ce n'est pas vrai. Pinson refuse de l'épouser, refuse même de la voir. L'argent que son père lui envoie pour qu'elle revienne, elle le garde afin d'être en mesure de suivre, malgré lui, le lieutenant Pinson où qu'il aille. Elle n'écrit jamais, d'ailleurs, à son père ; « elle me hait », dit Hugo.

Mme Hugo, quatre ans de suite, pour justifier ses « échappées » annuelles hors de cette île où elle mourait d'ennui, avait invoqué la santé d'Adèle et sa culture musicale, le changement d'air, les distractions indispensables à l'équilibre physique et moral de la jeune fille. Adèle n'aimait pas Paris et préférait rester à Guernesey. Tant pis ! Sa mère n'en volera pas moins vers la capitale au printemps de 1862. Le 22 mars 1863, elle est repartie une fois de plus pour la France, impatiente de retrouver ces spectacles, ces salons, ces soirées mondaines dont la privation lui est une asphyxie. Qu'Adèle boude où bon lui semble ! Si la mère eût été à la place où elle devait être, à son foyer, auprès de son mari et de sa fille, le 18 juin 1863, Adèle n'aurait pas pu se jeter, comme elle l'a fait, à l'abîme. Affolés, Mme Hugo et Charles lui-même reparaîtront bien — trop tard — à Guernesey, en juillet, pour un conseil de famille ; mais Charles, à qui Hauteville-House brûle les pieds, arrivé le 2 juillet, s'en ira dès le 12, et sa mère se précipitera de nouveau vers Paris le 15 août. Elle ne rentrera même pas dans sa maison cette année-là pour l'hiver, ni pour le printemps suivant, ni pour l'été. Le 24 novembre 1864 seulement elle reviendra, comme en visite, s'évadant de ce « tombeau » le 18 janvier 1865.

Hugo a tenu cachées beaucoup de douleurs. Il n'a parlé tout haut que de ses deuils : la mort de Léopoldine (1843), la mort de Charles (1871), la mort de François-Victor (1873). Mais ses papiers intimes nous livrent çà et là un cri, un gémissement : « 28 août 1847. Si l'ombre continue à se faire autour de moi, je sortirai de la vie moins triste que je ne l'aurais cru... Le jour où personne ne m'aimera plus, ô mon Dieu, j'espère bien que je mourrai. » « 25 décembre 1863. Christmas. La vieillesse arrive, la mort approche. Un autre monde m'appelle. Quittez moi tous ; c'est bien. Que chacun aille à ses affaires. Le moment est venu pour tout le monde de se détacher de moi ; même moi, il faut que, moi aussi, j'aille à mes affaires. »

Il n'a jamais dit un mot, à personne, de tout ce qu'avait eu de sombre, après les Feuillantines, son enfance, plus exactement la fin de son enfance, lorsqu'il a été assez grand pour comprendre ce qui se passait entre son père et sa mère, cette mésentente devenue une haine. A treize ans, en 1815, il a assisté, terrifié, à des scènes hideuses entre ses parents. A-t-il su, a-t-il deviné que sa mère était la maîtresse de Lahorie ? A-t-il découvert plus tard la similitude de son propre destin et de celui de son père ? Tous deux ont vu s'éloigner d'eux la femme qu'ils avaient épousée et qu'ils ne cessaient pas de chérir ; tous deux ont gardé jusqu'à la fin la maîtresse qu'ils avaient prise lorsque leur femme les repoussa [36]. Dans les *Feuilles d'automne,* quelques mots rapides, elliptiques, sur des chagrins intimes. Sinistres années 1830-1832. Hugo a traversé là des tortures. Le *Tas de pierres* nous a révélé cette page tenue jusqu'alors dérobée : « Malheur à qui

Dans le jardin de Hauteville-House : au côté de Victor Hugo, de gauche à droite, François-Victor (assis), Adèle, Mᵐᵉ Victor Hugo, Charles.

aime sans être aimé... Voyez cette femme ; c'est un être charmant ; elle est douce, blanche, candide ; elle est la joie et l'amour du toit. Mais elle ne vous aime pas. Elle ne vous hait pas non plus. Elle ne vous aime pas voilà tout... Toutes vos pensées d'amour viennent se poser sur elle ; elle les laisse repartir comme elles sont venues, sans les chasser, sans les retenir [37]... »

Nul ne saura rien, au dehors, des drames dont Hauteville-House est le théâtre. Celle qui fut « la belle Mme Hugo », « fière et fulgurante », comme disait Vacquerie, est devenue une lourde personne courtaude et violente. Elle n'a pas accepté l'achat de Hauteville-House qui signait à ses yeux sa condamnation définitive à l'exil. Elle a multiplié les « scènes » à son mari, en 1856, 1857, 1858. Une seule note des carnets intimes porte la trace de ces orages ; une note laconique, exprès ; la nudité d'une citation : « 3 octobre 1858, la maison est à toi, on t'y laissera seul. » Menace non point vaine. C'est Mme Hugo, en 1861, qui retiendra Charles près d'elle en Belgique, alors que son père comptait le ramener avec lui, à l'automne ; c'est elle qui poussera François-Victor à venir vivre sur le continent avec son frère ; c'est elle qui organise la déréliction autour du vieux poète obstiné à préférer la solitude à la ville. Non qu'elle le déteste ; nullement ; elle le voudrait au contraire près d'elle, mais pourvu que ce ne fût pas dans un désert. Il sait tout cela. Il écrit un jour sur une feuille de papier cet alexandrin faussement impersonnel :

Sa femme l'aime moins qu'elle ne hait l'exil.

† Elle meurt, en août 1868, à Bruxelles. Il l'a tenue expirante entre ses bras. A la frontière (car elle a voulu être ensevelie près de Léopoldine, à Villequier), Hugo monte, seul, une dernière fois, dans le fourgon où est le cercueil. Il s'agenouille et appuie son front contre la bière, prononçant des paroles, très bas. Des lignes de lui existent, assez mystérieuses, tracées au lendemain de ce deuil : « Chère morte pardonnée et bénie... »

Au dos d'une enveloppe, un jour de l'année 1856, Hugo a griffonné quelques vers, où il se décrit, dans son immobilité et sa nuit, sur ce récif où il se piète, grave mais non pas triste,

> Hors les chagrins du cœur, mon secret avec Dieu.

Ses secrets « avec Dieu », sans doute ne les connaîtrons-nous jamais tous. Nous savons qu'il a vu la mort frapper un par un tous les siens, et jusqu'à ce premier petit-fils qu'il avait eu en 1867 et qui mourra l'année suivante. Lui qui, en 1830, écrivait : « Seigneur, préservez-moi de voir jamais [...] la maison sans enfants », il dira, en 1871 :

> Aujourd'hui, je n'ai plus, de tout ce que j'aimais,
> Qu'un fils et qu'une fille.
> Me voilà presque seul dans cette ombre où je vais.
> Dieu m'ôte la famille.

Mais il se taira, avec une rigueur inflexible, sur le malheur de sa fille Adèle qu'on lui a ramenée de la Barbade, en février 1872, l'esprit perdu, et qu'il a fallu mettre aussitôt dans une maison de santé, près de Paris. Pas un mot à personne, jamais, sur cette présence, à ses côtés, pour la seconde fois, de la folie : en 1822, son frère ; maintenant, sa fille. Ses carnets enregistrent chacune des visites qu'il fait à cette malheureuse, pareille à un fantôme : « Ma pauvre fille Adèle, plus morte que les morts » (13 mai 1874) ; « il y a des émotions dont je ne voudrais pas laisser trace. Ma visite d'hier à ma pauvre fille, quel accablement ! » (6 juin 1874).

Que signifie, dans le carnet, à la date du 12 juin 1872, ceci (qui concerne le banquet offert pour la centième de *Ruy Blas*) : « Parole dite : — Est-ce que *** était à côté d'une femme ? Profond serrement de cœur » ? Que veulent dire ces lignes d'un message que lui remet Juliette Drouet, le 30 juillet 1873 : « Unissons nos prières pour que la paix, l'union et le bonheur rentrent dans ta famille et n'en sortent plus jamais » ? Et à quelles abominables tragédies domestiques Georges Hugo, le petit-fils, fait-il allusion dans cette lettre violente qu'il adresse à Lockroy, son beau-père [38], le 27 décembre 1894 : « J'ai assisté à ta manière d'être avec Victor Hugo dont tu défends aujourd'hui la mémoire avec un soin jaloux. J'ai vu des scènes entre ce grand vieillard et toi, où tu osais lui tenir tête en prononçant des paroles qui m'épouvantèrent » ? Et pourquoi, dès 1843, Hugo a-t-il eu cette plainte :

Nous aimons nos enfants bien plus qu'ils ne nous aiment [39].

Dans ce texte de lui, peu connu, *les Enterrements civils* (28 juin 1875), tout plein du souvenir de François-Victor disparu, le vieux poète ne cherche point à se draper en victime du sort ; il ne vise à aucun effet de théâtre ; il est sincère et simple, et parle sans élever la voix, comme un homme lourd et las — l'homme qu'il est, en vérité, et qui regarde derrière lui sa vie jonchée de cadavres :

Oui, je trouverais bon que pour moi, loin du bruit,
Une voix s'élevât et parlât à la nuit ;
Je le voudrais, et rien ne me serait meilleur
Qu'une telle prière après un tel malheur,
Ma vie ayant été dure et funèbre, en somme.

Les « enterrements civils ». François-Victor a été enterré « civilement », sans croix ni prêtre. Charles, déjà, en 1871, avait été enterré ainsi. Dès le 26 juillet 1860, Hugo lui-même a rédigé cette déclaration testamentaire : « Aucun prêtre n'assistera à mon enterrement », et, le 2 avril 1883, il a confirmé : « Je refuse l'oraison de toutes les églises. » Ses funérailles, en 1885, qui permirent au gouvernement de relaïciser le Panthéon, virent défiler, glorieuse, la phalange des « athées du XVIIIᵉ arrondissement ». Et cependant, la même stipulation décisive du 2 avril 1883, par laquelle Victor Hugo écartait les prêtres de son lit de mort et de ses obsèques, s'achevait sur ces mots : « Je demande une prière à toutes les âmes. Je crois en Dieu. »

Hugo, élevé en dehors du catholicisme, et non baptisé, s'est rapproché, un temps, de l'Église romaine (autour de l'année 1822), à cause de son mariage d'une part, à cause aussi de l'ambiance mondaine et des intérêts de sa carrière ; il s'est dit, il s'est cru sincèrement, peut-être, catholique. Mais, comme à peu près tous ses camarades dans les lettres, et Lamartine, et Vigny, et Brizeux, et Michelet (et bientôt le grand Lamennais lui-même), il ne tarde pas à tenir l'Église pour une institution mourante et le dogme pour « dépassé ». Telle est, en 1830, sa conviction. Il est loin, toutefois, de suivre un Michelet, un Quinet, encore moins un Henri Heine, dans leurs attaques contre Rome. Il fait élever ses enfants — les garçons comme les filles — dans la religion catholique. Il déplore même à voix haute (le 15 décembre 1842, dans *la Revue des Deux Mondes*) ce mouvement qu'il discerne dans l'histoire du monde, ce glissement, ou cette culbute, qui retire à l'Europe la prééminence pour la donner à l'Amérique :

> L'Amérique surgit, et Rome meurt, ta Rome !
> Crains-tu pas d'effacer, Seigneur, notre chemin
> Et de dénaturer le fond même de l'homme
> En déplaçant ainsi tout le génie humain ?

Les États-Unis d'Amérique, pour lui, c'est « la matière » triomphante, un vaste « comptoir de marchands ».

> L'Amérique est sans âme, ouvrière glacée.

Rome, capitale du monde, Rome « où Jésus met sa croix », c'est l'invitation permanente faite à la créature de regarder au-delà d'elle-même, de ne point se prendre pour fin. Destituer Rome au profit de New York, quelle chute ! Ah, Seigneur,

> Pourras-tu sans livrer l'âme humaine au sommeil,
> Et sans diminuer la lumière du monde,
> Lui donner cette lune au lieu de ce soleil ?

Les papiers intimes du poète contiennent une bien curieuse indication, datée du 5 juillet 1847, et intitulée « Mon protocole » : « considération distinguée » pour les préfets, les conseillers d'État, les évêques ; « considération très distinguée » aux députés, généraux, et membres de l'Institut ; « haute considération » aux ministres, pairs de France, ambassadeurs ; la fin de la note est la suivante : « Au roi, *à mon curé* et aux femmes, l'hommage de mon respect. »

Hugo ne va pas à la messe, mais il lui arrive de prier, fréquemment même. Dans une lettre à sa femme, du 4 septembre 1845, on lit : « Je viens de prier pour toi, pour moi, pour nos enfants... Tu sais comme j'ai la religion de la prière. Il me semble impossible que la prière se perde. » Le 28 avril 1847, son fils François-Victor étant malade (d'une typhoïde), le poète inscrit quelques lignes inquiètes sur son journal, et, à la fin : « Cette nuit, j'ai prié le Bon Dieu et Didine. »

La rupture totale entre l'Église et lui s'accomplit en 1851. En 1849 commence l'évolution qui va substituer à la déférence distante l'hostilité ouverte. Cette évolution s'accentue en 1850. Les événements de décembre 1851 l'achèvent. On l'a vu s'écartant, avec une espèce d'épouvante, en 1849, du parti catholique lorsqu'il discerne la vraie pensée des Falloux et des Montalembert sur le problème capital de l'heure : la misère, l'inimaginable condition des foules ouvrières, d'où la tragédie de juin est sortie. En janvier 1850, il tente encore d'avertir les gens du parti de l'Ordre : « Ne mêlez pas l'Église à vos affaires ! Ne l'appelez pas votre mère pour en faire votre servante ! Ne l'identifiez pas avec vous ! Vous vous faites si peu aimer que vous finirez par la faire haïr ! » Dès lors, il devient l'homme à abattre ; Veuillot le traîne dans la boue et Montalembert le poursuit avec une fureur sans égale. L'acte de Louis Bonaparte au 2 décembre, nous savons ce qu'il eut à la fois de sordide et d'atroce. Il n'en a pas moins été non seulement acclamé par Montalembert et la presse catholique, mais béni solennellement à Notre-Dame par le *Te Deum* de Mgr Sibour. C'est fini. Hugo, qui a vu les massacres des boulevards et qui a tenu sur ses genoux l'enfant tué de la rue Tiquetonne, ne regarde plus qu'avec horreur ces prétendus « serviteurs de Jésus-Christ », ces « faux prêtres », ces gens d'Église mêlés aux agioteurs et aux banquiers exultants et qui se sont inclinés, pleins d'onction, devant le parjure et l'assassin ; « ... il se tourne vers les juges inamovibles et leur dit : — Regardez les lois ; elles sont sous mes pieds. — Nous ferons semblant de ne pas voir, disent les magistrats. — Vous êtes des insolents, réplique l'homme providentiel. Détourner les yeux, c'est m'outrager. J'entends que vous m'aidiez... Les juges inamovibles se mettent à instruire l'affaire des troubles. Alors il aperçoit dans un coin le clergé doté, doré, crossé, chapé, mitré, et il lui dit : — Ah ! Tu es là, toi, archevêque ; viens ici ; tu vas me bénir tout cela. Et l'archevêque entonne son Magnificat ».

Que l'on comprenne bien ce qui s'est passé dans l'esprit et dans le cœur de Hugo ; une blessure énorme, une brûlure, la convulsion d'une âme souffletée, littéralement scandalisée. Au 2 décembre, Hugo jette toute sa mise — y compris sa vie — sur un pari. Il y a les « réalistes », dont l'unique pensée est de réussir, et de jouir. Et il y a ceux qui croient à des réalités intemporelles, non prouvées, et qu'ils tiennent cependant pour supérieures et contraignantes. Hugo est de ces naïfs. En dépit de son intérêt immédiat le plus évident, il a parié, au 2 décembre, pour l'hypothèse contre le fait, soutenant le paradoxe que, peut-être, quelque jour, on s'apercevrait de « cette chose étrange que le bien a du bon, que l'homme fort c'est l'homme droit, et que c'est la raison qui a raison ». Voyez, au centre même de *Napoléon-le-Petit,* les chapitres VI, VII et VIII du livre VI : « Il y a deux choses dans ce monde, qu'on appelle le bien et le mal. Mentir n'est pas bien, trahir est mal, assassiner est pire. Cela a beau être utile, cela est défendu... » Autrement dit, à ses risques et périls, Hugo, le 2 décembre 1851, a choisi l'hypothèse Dieu.

C'est à l'heure où Victor Hugo se sépare avec violence des catholiques et du catholicisme, rejetant désormais leur société et leur credo, c'est à la même heure, et dans le même mouvement, qu'il accomplit, en faveur de Dieu, l'une de ces options par lesquelles un homme s'engage si peu pour rire qu'il leur donne pour caution sa tête. En faveur de Dieu ? Mais qui est-ce ? A quoi, à qui Hugo a-t-il donc fait, comme instinctivement, et avec cette espèce d'absolutisme aveugle, pareille offrande ? Il ne le sait pas ; il n'est pas clair là-dessus. Un cri est parti de lui, un *oui* presque involontaire et que lui arrachait une force toute-puissante. Et c'est

Dieu.

L'océan d'en haut.

Solitudines cœli   la lueur

la lueur de là-haut

1ʳᵉ ascension
dans
les ténèbres.

Page première — Ténèbres —
Page deuxième — Ascension.

(Lu chez moi le 2 mai 1855 (mardi Tenant)
à ma famille, plus Auguste
Vacquerie et quelques amis :
Th. Guérin, Kesler, J. Allix.
Commencé à 16 h. a pri
fini à onze heures ou moins.
J'ai regardé ensuite l'éclipse
de lune, visible entre
minuit et 2 heures.)

l'athéisme. nihil.
le scepticisme. quid?
le manichéisme. duplex
le paganisme. multiplex
le mosaïsme. Jésus
le christianisme. triplex
le rationalisme. homo
ce qui n'a pas encore de nom. dieu
ce qui n'a pas encore de nom. dieu

La Fin de Satan

Plus Haut.
poème
V. H.

choses
entendues
dans
l'Immensité.
V. H.

bien, et il y adhère, il s'y reconnaît [40]. Mais enfin *qui* appelle-t-il Dieu ? On va le voir, pendant des années, tourner et retourner en lui-même la question non pas de l'existence — il en est plus sûr que de la sienne propre — mais du visage de cet inconnu vers lequel son cœur s'élance dans le noir. Le grand poème qu'il intitule, précisément, *Dieu,* cette *Fin de Satan* qu'il entreprend à Jersey en 1854, les vers de *Religions et Religion* auxquels il travaille en 1870, et *l'Ane,* et *le Pape* et *la Pitié suprême* qu'il retouchera encore en 1878-1880 avant de les livrer au public, tout cet entassement d'écrits, et *la Légende des siècles,* et ses romans, et *William Shakespeare,* son œuvre entière à partir de l'exil est dominée par ce souci, ou pour mieux dire faite de cette enquête. Une flamme y luit à travers la fumée, un feu de buisson ardent.

La « pensée philosophique et religieuse » de Victor Hugo : sujet qu'on pose mal, d'ordinaire. Je sais bien que Hugo se dénomme lui-même « penseur », mais il serait vain de lui demander un système, comme à Kant ou à Spinoza, et de solliciter son œuvre ou de la violenter pour en extraire une doctrine originale. On s'hypnotise sur la *Bouche d'ombre,* mais plusieurs des développements dont s'emplit ce vaste discours ne sont, pour le poète même, que des essais d'interprétation, des explications possibles auxquels il n'attache de prix que secondairement. On se tromperait — on s'est trompé — en attribuant à Victor Hugo une croyance foncière à la métempsycose et en lui supposant une théorie méditée du « retrait » *(zimzoum)*, comme en imaginant saisir la clef de sa métaphysique dans la Kabbale — où Weill l'aurait introduit. Weill l'a intéressé, l'a amusé aussi ; Hugo ne l'a fréquenté qu'avant l'époque où les grandes questions mystérieuses devinrent pour lui obsédantes ; et il s'est fait si peu son disciple qu'ayant reçu de lui à Guernesey des « coups d'épingle » assez semblables, dit-il, à des « coups de poignard », il le met, dans ses notes inédites, au rang des Pontmartin et des Barbey d'Aurévilly ? Il a écouté Weill comme il écoutera Pierre Leroux, comme il écoutait jadis d'Eckstein ; l'un de ces curieux dictionnaires vivants, prolixes, utilisables, suspects. Les « révélations » même des tables mouvantes ne le bouleversent un moment que parce qu'il y retrouve des idées présentes déjà au fond de lui et que semblent venir confirmer, dans une lumière d'apocalypse, les visiteurs masqués qui lui arrivent de l'au-delà.

Si le philosophe patenté est celui qui dresse un édifice intellectuel où tout s'agence et s'ordonne selon des lois irréprochables dans une architecture de concepts puissamment soudés entre eux par le ciment de la logique, Hugo n'est pas un philosophe. Nous avons affaire avec lui à quelqu'un dont les modes de pensée sont d'un autre ordre ; quelqu'un chez qui la connaissance requiert une participation de tout l'être, à la fois sensorielle et intuitive, quelqu'un pour qui la métaphore, bien plus qu'un ornement de style, est un engin de détection dont la « trajectoire incalculable » (l'expression est de lui) ouvre au « songeur » éclairé par l'analogie une route de découvertes. Hugo est un homme, comme dit Marcel Raymond, « poreux à l'univers » ; les choses, sous son regard, « descellées, arrachées au bon sens pratique et à la convention sociale », retrouvent leur visage d'énigme et d'allusion. Il prend ses images pour des idées, répètent les intellectualistes ; mais la racine même du mot « idée » n'est-elle pas celle du mot grec *eidolon* qui signifie proprement « image » [41] ? Il n'est de connaissance valable que du concret (qui n'est pas la même chose que la matière), et rien n'est périlleux comme l'abstrait pour laisser l'intelligence — la machine analytique à « notions claires et distinctes » — tourner à vide et mâcher du vent. Le « songeur » Hugo se paie de mots beaucoup moins que bien des « penseurs » qualifiés. Ce visuel ne se contente pas du donné et de ces contours de l'objet que nous fournit une cérébration docile aux catégories de la raison et si rapide qu'elle nous demeure inaperçue. « Il regarde tant la nature que la nature a disparu » ; ces mots qu'il applique à son « voyant » de *Magnitudo Parvi*, a-t-on pris garde à leur importance ? Rien ne résiste, dit-il, à la « fixité calme et profonde des yeux » ; autrement dit, au regard exigeant et perforateur de l'esprit qui sait la grande loi : « passer outre » — la nature étant, écrit Hugo, « une apparence corrigée par une transparence ». L'ultérieur est son but, le *sur-réel* où sont les secrets. Citons encore Marcel Raymond : « Nul poète n'eut une plus quotidienne expérience du mystère où nous respirons. » Hugo est doué du pouvoir de « susciter la présence réelle de l'homme à lui-même et au monde » ; par lui, la créature est « réintégrée à l'univers, qui est abîmé ».

Consistance de Victor Hugo ? Certes. A partir de l'heure, assez tardive (la cinquantaine), où il se récupère, se mobilise et s'accomplit. Tout ce qui compte dans son œuvre, tout ce qui lui assure permanence — et, quantitativement même, c'est de beaucoup la plus large part —, tout ce qui le constitue dans sa stature et dans sa substance d'écrivain, c'est le jaillissement colossal qui commence en 1852 pour durer, ininterrompu, jusqu'au milieu de l'année 1878. Mais lit-on Victor Hugo [42] ? Ses proportions déconcertent notre hâte et nos légèretés. Lui-même d'ailleurs se porte tort par une faconde souvent impure, substituant l'exercice de style à l'expérience vécue et, au témoignage, la tirade. Mais que seulement on veuille entrer tout de bon dans son commerce, y porter un esprit loyal autant qu'averti — capable aussi bien de laisser faire, avec un sourire, le littérateur vociférant que d'écouter attentivement le témoin grave et peu banal, et l'on s'apercevra que ce Hugo a des choses à nous dire, qui nous concernent à titre fondamental, et que ce qu'il nous apporte est peut-être moins ou peut-être plus qu'une connaissance : un contact.

Ses certitudes essentielles, les voici : quelqu'un existe, entre les mains de qui nous sommes, dont nous savons qu'il nous regarde, qu'il nous appelle et qu'il nous jugera ; et le moi humain, indestructible et soustrait à la mort, est responsable devant ce Dieu qui l'a créé et qui demeure présent en lui. Un Dieu inconnaissable ; mais s'il est inaccessible à notre entendement, il ne l'est pas à notre cœur. « Le cœur ne peut errer » ; « le cœur, c'est la grande prunelle » ; « l'espérance a les yeux plus ouverts que l'algèbre » ; « la conscience sait en dehors de nous ». Et sans doute, nous sommes dans la nuit, et le destin des hommes ici-bas est cruel, affreux même quelquefois — au point que ce Dieu, pourtant tout près, semble reculer, s'effacer, n'être plus qu'une force impassible.

(Un grand Dieu sombre étant le maître de la vie.)

La tentation du désespoir, Hugo ne la connaît que trop, et ce vertige, à soi-même en secret complaisant, de l'être qui se sent perdu dans des ténèbres monstrueuses. L'épouvante lui est une contrée familière et quelque chose de lui tout bas, qui ressemble à une vocation maudite, s'accorde avec ces terreurs peuplées de glissements et de spectres. La plupart de ses dessins — « cette chimie maléfique, comme dit Claudel, du noir avec le blanc » — relèvent d'on ne sait quel univers nocturne « que travaille une lumière empoisonnée ». Et Claudel poursuit, on s'en souvient : nulle simulation, chez Hugo ; « ce n'est pas un amateur qui nous parle de la brebis Épouvante [43] ». Il n'est que de se remémorer des titres : *Horror, Dolor, Pleurs dans la nuit*. Mais ce terrifié n'est pas un révolté. Si la pente de son imagination le conduit à du difforme et à de l'informe, si presque tous ses rêves sont lugubres, c'est lui-même, sourdement, qu'il accuse, et il y voit un châtiment de tous ses abandons à la chair — cette prise du gouffre sur notre âme. Et lorsqu'il souffre et qu'il saigne, il ne se retourne pas, pour autant, contre Dieu. « La douleur, dit-il, nous rassure. » Mieux vaut payer ici qu'ailleurs, et en monnaie terrestre. Après la mort de son second fils et l'internement d'Adèle, et pouvant répéter désormais pour son compte la parole ultime qu'il avait prêtée à Quasimodo : « Oh ! tout ce que j'ai aimé ! », dans ce texte *Mes fils* qu'ils rédige alors (mai 1874), on ne le voit pas, comme le Cédar de *la Chute d'un ange,* dresser le poing vers les nuées ; « tel homme, écrit-il seulement, est frappé plus souvent que les autres ; il semble qu'il ne soit pas perdu de vue par le destin » ; et c'est en s'adressant à Dieu qu'il ajoute : « Vous savez pourquoi. » Ce regard du Juge qui ne le

« perd pas de vue », loin de le haïr, il lui dit merci, sans le savoir jugeant comme Pascal que « la plus cruelle guerre que Dieu puisse faire aux hommes, c'est de les laisser sans cette guerre qu'il est venu leur apporter ». Et c'est à Jean Valjean qu'il fait dire cette phrase : « Parce que les choses déplaisent, ce n'est pas une raison pour être injuste envers Dieu. »

Jusqu'à ses derniers jours, Hugo ne cessera de prier. Ses fils en souriaient même un peu ; il s'excusait doucement : « Vous savez que je suis un prieur... » Le 31 mai 1872, on passe chez lui, rue La Rochefoucauld, pour le recensement ; on lui demande : « Catholique ? » Il répond : « Non. Libre penseur » ; mais le lendemain, 1er juin, il prend cette note sur son carnet : « Les petits ont dîné avec nous ; j'ai été moi-même les coucher et je leur ai fait faire leur prière [44]. » Dans les Misérables, il a justifié les contemplatifs, que le monde accuse d'être des oisifs et des inutiles : « Les bras croisés travaillent ; les mains jointes font ; le regard au ciel est une œuvre [...]. Il faut bien ceux qui prient toujours pour ceux qui ne prient jamais. » Dans L'homme qui rit, il a écrit encore : « Remercier devant soi, c'est assez. L'action de grâce a des ailes et va où elle doit aller. Votre prière en sait plus long que vous. » Prières aux morts, comme intercesseurs (aux morts que leur vie brève et pure a fait entrer tout droit au ciel : Didine, Claire Pradier, le premier petit Georges) : prières aussi pour les morts :

Les morts mystérieux ont besoin d'être aimés.

Et que de fois, la nuit, quant il est assiégé par ces « phénomènes de l'ombre » qui se multiplient dans sa chambre, inexplicables, c'est à la prière qu'il recourt (« Obsession d'un invisible écartée par la prière »). Camille Pelletan, l'antijésuite, l'ami de Combes, mais qui aimait Hugo profondément, notera avec honnêteté dans son livre de 1907, Victor Hugo homme politique, ces affirmations « étranges » qu'il avait entendues, plusieurs fois, de la bouche du vieil homme, « que des créatures impalpables flottent dans la transparence de l'air et qu'un jour, prenant des notes dans son jardin, à Guernesey, il a vu distinctement frémir sur son papier l'ombre diaphane de leurs ailes ». Hugo croit à l'existence réelle des anges.

Il rôde autour du Christ, déclarant *(A l'évêque qui m'appelle athée)* que Dieu n'a pas de fils, rassurant Michelet qui s'inquiète : « Quant à ce mot Dieu appliqué à un homme, vous pressentez certainement dans quel sens je l'emploie », écrivant tout net : « Jésus, pour nous, n'est point le Dieu ; c'est plus ; c'est l'Homme. » Mais tel vers comportant une négation catégorique et qu'il avait placé dans une strophe de *Tout le passé et tout l'avenir*, il l'efface, biffant sur les épreuves la strophe tout entière. Et il met un crucifix dans la chambre du vieux Jean Valjean ; et il soutient, dans *la Pitié suprême*, que nul ici-bas ne peut voir Dieu, « hors Jésus-Christ » ; et il consacre au Crucifié toute une pièce des *Contemplations (la Chouette)* ; et il termine son *William Shakespeare* par l'évocation de « cette puisssante aurore : Jésus-Christ » ; et il écrit :

> Le mal que l'homme fait tombe dans l'invisible
> Et va frapper quelqu'un [...].

Et il considère le Christ comme intemporel, et la tragédie du Golgotha comme permanente, mêlée d'un bout à l'autre au destin du monde : Jésus « saigne éternellement » :

> Une immense croix gît dans notre nuit profonde
> Et nous voyons saigner aux quatre coins du monde
> Les quatre clous de Jésus-Christ.

Mais rien n'est plus saisissant que ceci : dans le poème *Dieu*, Hugo tente d'établir une hiérarchie des croyances selon les approximations qu'elles constituent, successives et croissantes, du divin ; il n'a pas hésité à mettre le rationalisme au-dessus du christianisme ; il tient pourtant cette conception pour très insuffisante, et s'applique à dessiner les vagues contours de la foi « qui n'a pas encore de nom » et qui sera la plus haute, la moins imparfaite des constructions spirituelles de l'homme ; et c'est là, tout à coup, après le rappel une fois de plus de notre condamnation à l'impuissance, Dieu ne pouvant être à nos yeux que l'Inconnu, l'Ignoré, le grand X de toute algèbre métaphysique, c'est alors que tout à coup surgissent ces vers : oui, pour notre esprit captif, Dieu ne sera jamais ici-bas qu'un X, mais

> Cet X a quatre bras pour embrasser le monde,
> Et, se dressant visible aux yeux morts ou déçus,
> Il est croix sur la terre et s'appelle Jésus [45].

Si Hugo en veut tellement à l'Église catholique, c'est qu'il estime qu'à cause d'elle et de ce qu'il considère comme sa démission, sa trahison, l'idée même de Dieu est compromise dans l'âme des foules. L'Église, selon lui, travaille, involontairement sans doute, mais d'une manière efficace, à répandre la nuit du matérialisme. « J'ai le cœur plein d'amertume », dit-il le 20 avril 1853 sur la tombe du proscrit Jean Bousquet, en songeant à « ces prêtres qui [...] bénissent et glorifient le parjure et le meurtre » et qui « suffiraient pour ébranler les plus fermes convictions dans les âmes les plus profondes, si l'on n'apercevait au-dessus de l'église, le ciel, et au-dessus du prêtre, Dieu. » Plus tard, il attaquera de front le sophisme de l'athée, aveuglé sur « la beauté de Dieu par la laideur du prêtre » et qui « se dresse debout, criant : Torquemada ! »

> Oui, le prêtre, voilà ton sinistre argument !

Comme si l'infidélité des disciples prouvait autre chose que leur misère ou que leur crime, comme si Dieu s'éclipsait parce que l'ont renié ceux qui se proclament ses apôtres ! Certes, il faut dénoncer l'Église et son apostasie, mais « quel douloureux problème qu'on ne puisse supprimer le mal sans blesser le bien » !

> Ô vivants, il vous faut des prêtres, quels qu'ils soient !
> A travers les plus noirs, des vérités flamboient.

A ceux qui viennent nous dire que « l'espérance a tort », aux doctrinaires du néant, aux amis du seul visible et de cet « exact » qu'ils prennent pour le « vrai », « à toutes ces solidités », Hugo a le front d'écrire qu'il préfère, quant à lui, « le vieux navire faisant eau de

76

toutes parts, où s'embarque en souriant l'évêque *Quod-vulteus* ». « Matérialistes, vous me faites horreur ! » Toute une part de l'œuvre polémique de Hugo est dirigée contre les négateurs et les déterministes. « Oh ! ces mains que les morts mettent sur les vivants ! » Leur joie, dirait-on, c'est d'« ajouter de l'encre aux épaisseurs »,

> Et l'Institut nous montre, avec un air de gloire
> L'énigme plus opaque et la source plus noire.

« Le scepticisme, cette carie sèche de l'intelligence [46]. » « *Negare : Necare.* » Dans *les Grandes Lois* (1874), il fonce contre Taine et, le 28 octobre 1866, il a déclaré tout net à Stapfer : « Certes, Dupanloup n'est pas mon homme. Mais je voudrais être à Paris, oui, je voudrais être à l'Académie pour voter avec l'évêque d'Orléans contre ce cuistre-là ! » Les façons souveraines des scientistes l'exaspèrent. Une certaine science, dit-il dans *le Calcul (Toute la lyre)* est « la plus grande méprise de l'homme » ; et il hausse les épaules devant ces myopes hautains qui proclament : « Cramponnons-nous aux réalités immédiates. Deux et deux font quatre ; pas de salut hors de là [47] ! » Catholiques et rationalistes obtus ont également tort :

> Ta petite raison comme ton petit temple
> Ne sont pas des maisons où tienne l'Éternel.

« Le scalpel fouille à sa manière ; le rayon [entendez : la conscience, l'intuition, le cœur] fouille à sa manière ; ne leur demandez pas de trouver la même chose. » Et l'humanisme anthropocentrique est pour lui la route d'un engloutissement. Une doctrine, écrit-il, qui créerait l'homme dieu « en lui ôtant l'âme, qui le ferait son propre but à lui-même, qui donnerait pour idéal au progrès non pas même le bonheur, qui est déjà un but inférieur, mais la forme la plus matérielle du bonheur, le bien-être, cette chose-là, qui s'appellerait religion de l'humanité, rien au monde ne serait plus vain et plus lugubre ».

On ne sait plus aujourd'hui à quel point Victor Hugo a pu irriter les esprits forts de son siècle. Ses funérailles, montées par Lockroy et l'équipe gouvernementale, ont tout recouvert, tout racheté, tout sauvé. Ce cadavre offrait l'occasion d'un grand coup au bénéfice du sectarisme athée. On lui en fut reconnaissant. Mais ç'avait été, depuis 1879 surtout, parmi les amis politiques de Hugo, une consternation de le voir acharné à des propos inadmissibles. La consigne était de ne laisser savoir que le moins possible ces insoumissions du grand homme à la « philosophie » de son parti. Sur « le vieux Noé », Vacquerie s'employait à faire pleuvoir les manteaux. Jadis déjà, sous l'Empire, Michelet (après *les Contemplations*), George Sand (après *William Shakespeare*) n'avaient pas caché au poète leur inquiétude et leur désapprobation. Des vers sur le crucifix, quelle imprudence à l'égard du catholicisme, ce « vampire », s'écrie Michelet [48]. Et Myriel ! Quelle idée Hugo a-t-il eue d'aller proposer à l'admiration des gens un évêque ! « Votre Jésus n'est pas le mien », lui signifie sèchement Michelet [49]. Le *Voltaire,* que dirige E. Bergerat, a peu goûté *le Pape ;* on s'étonne, à gauche, note Gustave Rivet en 1878, qu'un tel génie soit « aussi naïf » ; le bon Dupuy gémissait : « Il serait douloureux de penser que Victor Hugo, le poète et le prophète du progrès, recule devant la véritable route de la civilisation » ; et Zola l'indiscipliné éclatait, à la lecture de *l'Ane :* « Gageure tenue contre le génie français », « incroyable galimatias ». Hugo, déclarait Zola (*le Figaro* du 13 juin 1881), n'est plus qu'un « vieillard gâteux ».

L'« écho sonore » d'autrefois refusait maintenant de fonctionner. Ce Hugo qu'on avait vu docile aux inspirations de son siècle et donnant voix, l'une après l'autre, aux idées à la mode (catholique et légitimiste en 1822, bonapartiste et libéral en 1828, juste milieu en 1840), le voici devenu carrément rebelle. Il n'est entouré que de « hardis penseurs » ; ses intimes savent à quoi s'en tenir, quant à eux, sur les billevesées du Bon Dieu et de l'âme immortelle ; mais toute la réponse de cet entêté aux suggestions, sourires, invites plus ou moins pressantes de ceux qui le voudraient, dans l'intérêt supérieur du parti, franchement rallié aux idées nouvelles, c'est une incartade consternante, le 24 février 1878, devant le tombeau de Ledru-Rollin : « ... car il est simple et juste d'invoquer la paix là où elle est éternelle et de puiser l'espérance là où elle est infinie » ; c'est une fin de non-recevoir catégorique, opposée à Mᵐᵉ Edmond Adam qui lui a dépêché un « vénérable » pour le presser de se faire franc-maçon (19 août 1879) ; c'est la publication, en 1883, d'*Elciis*, avec son grand cri : « Non ! Non ! Dieu n'est pas mort ! » ; c'est la réimpression, d'année en année, sans coupure ni retouche, de cette phrase des *Misérables* (I, V, IX) sur la vieille Marguerite qui « croyait en Dieu, ce qui est la Science ». On comprend que Leconte de Lisle, lorsqu'il lui succéda à l'Académie, ait tenu à marquer les distances, soulignant avec regret l'« attachement » gardé par Hugo « aux dogmes arbitraires des religions révélées » ; et Anatole France, avec cette finesse qui n'est qu'à lui, trouvera le mot qui tranche tout : ce pauvre Victor Hugo, dira-t-il, « naquit et mourut enfant de chœur [50] ».

Les haines qu'a suscitées Victor Hugo étaient d'une violence peu commune. Encore aujourd'hui il en subsiste, çà et là, de notables séquelles. « Un homme est mort, écrivait l'auteur de *William Shakespeare ;* l'injure ne lâche pas prise pour si peu. La haine mange du cadavre. » On le vit assez bien dans *la Croix*, organe quasi officiel du parti catholique français, lorsque l'homme des *Châtiments* expira. Il s'était éteint le 22 mai 1885. *La Croix* du lendemain 23 mai déclarait en guise d'oraison funèbre : « Il était fou depuis trente ans. » Horace de Vieil-Castel le désigne comme « le plus misérable des drôles : l'orgueil de Satan et le cœur d'un chiffonnier ». Armand de Pontmartin s'unit assez cocassement à Émile Zola pour apprécier *l'Ane* comme un monument de « radotage », de « gâtisme », d'« aliénation mentale », et qui provoque dans la « vraie France » un sursaut « d'indignation et d'horreur [51] ». Veuillot jetait, comme un aboiement, son acclamation à Montalembert qui, disait-il le 23 mai 1850, vient de mettre « sur la tête de M. Hugo une montagne de mépris ». Le 5 juin 1882, *l'Univers* expliquera en trois lignes — dignes de M. Pierre de Lacretelle — tout le secret de l'abominable conduite de Victor Hugo à l'égard de l'ordre établi : « M. Victor Hugo aurait volontiers accepté d'être ministre de Napoléon III. Traité en poète plus qu'en homme politique, il se vengea en sauvage ivre » ; écoutons encore le journal de Louis Veuillot accueillir *Torquemada :* « Une des actions les plus ignobles et les plus fructueuses de cette carrière d'apostat. » Odilon Barrot constate dans ses *Mémoires* que « M. de Falloux semblait s'être attaché à la personne de M. Victor Hugo comme une furie vengeresse », mais, bien entendu, selon sa manière scrupuleuse, par personnes interposées [52]. Et M. Abel Bonnard ne manquera pas, en 1922 [53], d'appeler Victor Hugo — coupable, lui riche, de tant de pages fâcheuses pour les possédants — un « démolisseur vraiment bien logé ».

Pour qu'on l'exécrât si fort du côté des « honnêtes gens », il fallait que Victor Hugo eût admirablement visé juste. Salubre, en effet, sa parole, que de fois ! et véridique, et directe ; lorsqu'il dénonce, par exemple, l'histoire des historiographes, cette « muse en carte » et lorsqu'il précise : « Les meilleurs narrateurs, même ceux qui se croient libres, restent machinalement en discipline, remmaillent la tradition à la tradition, subissent l'habitude prise, reçoivent les mots d'ordre, achèvent, tout en se croyant historiens, d'user les livrées des historiographes » ; lorsqu'il dénude « la succion des forces vitales d'un pays » par un petit clan d'exploiteurs « travaillant à huis clos » ; lorsqu'il raille ces docteurs ès sciences économiques et sociales, adroits à « mettre aux fictions profitables un masque de nécessité », et ceux qui « résolvent la question par l'écrasement du problème » ; lorsqu'il révèle les saints alibis et montre les hautes raisons servant de couverture aux bassesses de la cupidité ; lorsqu'il écrit : « C'est de l'enfer des pauvres qu'est fait le paradis des riches », ou bien :

> [...] la mine
> Prospérait ; quel était son produit ? La famine ;

lorsqu'il donne son vrai nom à l'« ordre établi » (après juin, après la Commune) : « une tranquillité violente » ; lorsqu'il s'en prend à la « frivolité des heureux » qui préparent, au milieu des fêtes, « la dévastation de l'avenir » ; lorsqu'il définit l'esprit bourgeois : « L'intérêt arrivé à satisfaction » (et « le satisfait, ajoute-t-il, c'est l'inexorable ») ; et lorsqu'il se permet cette inconvenance : « Un homme comme il faut, c'est-à-dire comme il ne faut pas [54] »...

En 1934, un nommé Batault publiait à Paris, chez Plon, un livre intitulé : le Pontife de la démagogie, Victor Hugo. On y lisait que l'homme de twèù la Légende des siècles et des Misérables avait gratifié la France d'une œuvre composée mi-partie de « choses inaccessibles à l'entendement normal », mi-partie de « déclamations de primaire en délire » ; mais la principale découverte de Batault était la suivante : les « mages » de Hugo, ses idoles et ses « ancêtres », dont il nous fournit lui-même étourdiment la liste, sur les quatorze qu'ils sont ne comptent pas moins de cinq juifs. « Les cinq représentants de la nation juive se taillent ici la part du lion » ; ce sont : « Job, Isaïe, Ézéchiel, Jean de Patmos et Paul de Damas [55]. » En vérité, concluait Batault, « de tous les écrivains français, Victor Hugo est sans doute celui qui est le plus pénétré d'influences juives » ; et l'on ne sait que trop, hélas ! « l'étroite parenté qui unit le judaïsme et l'esprit de révolte ». On ne saurait en disconvenir ; et l'obscur Batault a révélé là sans prudence la raison profonde des fureurs qu'a soulevées Hugo dans sa vie. Difficile de ne pas penser à l'aveu lâché jadis [56] par un Maurras encore insuffisamment circonspect lorsqu'il nous livrait la clef de la haine qu'il porte à Jean-Jacques : un « aventurier », disait-il, possédé d'une « rage mystique », « nourri de révolte hébraïque » et qui est apparu parmi nous « comme un de ces énergumènes qui, vomis du désert [...], promenaient leurs mélancoliques hurlements dans les rues de Sion ».

C'est vrai ; chez Hugo aussi, une espèce de « rage mystique ».

> Ô Dieu vivant, mon Dieu, prêtez-moi votre force,
> A moi qui ne suis rien !

Il veut, à tout prix, rendre son lecteur « pensif » ; il se tient pour un « fonctionnaire de Dieu » ; il écrit : « Vivre, c'est être engagé », « vivre, c'est regarder devant soi » ; il jette un jour, sur un bout de papier, cette note pour lui seul : « C'est à Dieu lui-même qu'agenouillé, prosterné et me frappant la poitrine, je demande s'il m'est jamais arrivé d'écrire, même irrité, même indigné, un livre dont l'unique et profond souffle ne fût pas un immense amour. » Il écoute, constamment, du côté de l'inconnu. « Je suis, dit-il un homme qui pense à autre chose. » Il enseigne : « L'homme veut être eau courante. Pas de vie sans cela ; sinon, une prompte pourriture et vous donnerez aux autres votre peste. » Il n'est pas seulement

> La voix qui dit Malheur, la bouche qui dit Non,

il est « celui dont l'âme est toujours prête à Jéhovah », celui qui pousse ce cri de bonheur :

> J'ouvris les yeux, je vis l'étoile du matin ;

il est cette âme qu'emporte un mystérieux *Chant du départ* :

> Tu sais bien que j'irai, Justice,
> J'irai vers toi !

Sur les murs de sa maison, il fait graver des rappels à l'ordre : « *Exilium vita est* », « *Ama ; Crede* », « *Tu qui transis per domos perituras, sis memor domus œternœ.* » Il parle de Dieu comme d'un hôte, en lui, inexpugnable :

> Nous sommes deux au fond de mon esprit : lui, moi ;

un hôte sévère, incommode, et dont il entend le reproche « quand je rêve, dit-il, une faute que j'aime ». Il sait le pouvoir et le sombre attrait de la nuit, mais que de salutations, dans son œuvre, à la beauté du monde, à « l'alleluia formidable du printemps » !

> La vaste joie est réveillée.
> Quelqu'un rit, dans le grand ciel clair.

« Ténèbres, je ne vous crois pas ! » Il est plein de la nostalgie

> Du soleil, mon ancien pays ! [57]

Pourquoi connaît-on si peu ces grandes strophes de *Toute la lyre* :

> Je crois à toi, Jour, Clarté, Joie !
> Je crois à toi, Toute-Puissance !
> Je crois à toi, Toute-Innocence !
> ....
> Je prends mon être pierre à pierre ;
> La première est de la lumière,
> Et la dernière est de la foi.

Les propositions des habiles, les exhortations des sages l'entourent : qu'il cesse donc de faire ainsi l'abrupt et d'ennuyer les gens avec Dieu ! Quelque chose invinciblement dans son cœur refuse, réclame, revendique. « N'écoute pas ! Reste une âme fidèle ! » Continue d'être « la vigie »...

> Et j'entends dans la nuit quelqu'un qui me dit : Va !
> ....
> Sois l'intrépide chez les lâches,
> Et sois le vivant chez les morts !

A-t-on davantage pris garde à cette *Paternité* qu'il écrit à soixante-treize ans, le 4 janvier 1875 ? Sous l'affabulation transparente, c'est lui-même qui est en cause, et le « Père », c'est Dieu :

> Sois présent à ma vie... Que m'importe
> De n'être que le chien couché devant ta porte.
> Ô Monseigneur, pourvu que je te sente là !
> ....
> Et je suis un vieillard, mais je suis ton enfant [58].

D'un ton quelque peu important et agacé, Thierry Maulnier demande qu'on lui explique ce que Victor Hugo pouvait bien avoir à nous dire ; « j'attends, écrit-il, qu'on déchiffre le contenu d'un message dont je n'aperçois nulle part l'existence ». Le « message » de Victor Hugo ? Laissons donc à Hugo la parole : que la Justice est identique à la substance :

Homme, veux-tu trouver le Vrai ? Cherche le Juste ;

qu'il s'agit d'écouter, de ne pas faire taire [59] cette voix en nous comme une « aspiration désespérée au paradis perdu », ce cri vers « cette vie est au-delà de la vie » (« L'être, ébauche, en Dieu s'achève ») ;

Il n'est, dans l'univers, rien qui ne soit exprès ;

et que

Tout homme est un dessein de Dieu marchant sur terre ;

et que

vers l'Orient tout se dirige ;

et que notre affaire, notre vocation, ici-bas,

Ce n'est pas de toucher le but ; c'est d'être en marche.

Homme, nous dit Hugo ; « fais que tu sentes, dans le fond de ton être »,

Tout ce qui n'est pas Dieu crouler

Que ton cœur bondisse « du côté où l'on entend sonner de la trompette ». « Oh ! que Dieu soit dans ce que tu préfères ! » « Soyons l'immense Oui [60] ! »

Un confesseur, eh oui, Hugo. Ce vieil homme mal habillé, ce vieux monsieur que regardait Barrès et qui avait l'air, dit-il, « d'un vieux maçon, d'un vieil ouvrier », « c'était un prophète », « en possession de mystères et d'espérances que l'ordinaire des hommes n'a pas ». Prophète ? Quel bien grand mot ! Mais les autres, les reconnus, les officiels, profitent des mirages du lointain et des conditions d'une époque où n'existaient ni imprimerie ni journalistes capables de nous procurer ces belles choses : un *Isaïe intime* ou un *Ézéchiel en pantoufles*.

« Vous êtes, lui écrivait Flaubert le 2 juin 1853, l'homme qui, dans ma vie restreinte, a tenu la plus large place, et la meilleure. » Vingt ans plus tard, le même Flaubert confiera encore à Mme Roger des Genettes au sujet de ce Victor Hugo qui le contrarie bien un peu parfois et qui dit, paraît-il des sottises sur

Goethe : ah ! tant pis ! « plus on le fréquente, plus on l'aime » ; « j'adore cet immense vieux ! » Julie Chenay, sa belle-sœur, qui tenait sa maison d'Hauteville-House délaissée par Mme Hugo, lui avait voué une affection intransigeante ; c'était, nous dit Léon Daudet qui l'a connue, « une petite fourmi mélancolique et résignée, avec un grand front et des bandeaux » ; elle était catholique et très pieuse. Stapfer lui envoie, en 1878, une plaquette qu'il a consacrée au poète, souvenir de ses deux années passées dans l'île ; il y a là, derrière beaucoup d'admiration, des réserves et des ironies, et Julie n'aime pas cela ; « vous savez, lui dit-elle sévèrement, que j'aime mon beau-frère sans restrictions ». A Biré, à Anatole France, à Abel Bonnard et à Georges Batault, je préfère, sur Victor Hugo, l'opinion de Julie Chenay et de Flaubert. Et comme je comprends que Barrès, lorsqu'il aperçut pour la première fois, dans la bibliothèque du Sénat, ce vieux petit homme sans élégance, au poil dru tout blanc, ait senti soudain, en plein cœur, ce choc sourd.

HENRI GUILLEMIN

La Tourgue, dessin de Victor Hugo.

Hugo par lui-même

Je suis un homme
qui pense à autre chose.
VICTOR HUGO

Dans les pages suivantes, c'est Hugo désormais qui nous parlera de lui-même, parfois à visage découvert, le plus souvent sous quelque masque. Bien entendu, ce qu'il dit de Louis-Philippe ou de Mess Lethierry n'est pas susceptible d'une transposition intégrale ; mais il suffisait, pour motiver ici la comparution de ces textes, qu'on fût certain que Hugo, tout bas, y avait glissé des détails où il se sentait reconnaissable. D'autres textes, parmi ceux qui figurent dans cet ensemble, visent à éclairer certains aspects trop peu connus, et cependant essentiels, de sa pensée.

(La date précise a été indiquée chaque fois qu'elle figurait sur le manuscrit correspondant. Seuls les titres des poèmes sont de Hugo.)

H. G.

Marius

Marius à cette époque était un beau jeune homme de moyenne taille, avec d'épais cheveux très noirs, un front haut et intelligent, les narines ouvertes et passionnées, l'air sincère et calme, et sur tout son visage je ne sais quoi qui était hautain, pensif et innocent. Son profil, dont toutes les lignes étaient arrondies sans cesser d'être fermes, avait cette douceur germanique qui a pénétré dans la physionomie française par l'Alsace et la Lorraine, et cette absence complète d'angles qui rendait les Sicambres si reconnaissables parmi les Romains et qui distingue la race léonine de la race aquiline. Il était à cette saison de la vie où l'esprit des hommes qui pensent se compose, presque à proportions égales, de profondeur et de naïveté. Une situation grave étant donnée, il avait tout ce qu'il fallait pour être stupide ; un tour de clef de plus, il pouvait être sublime. Ses façons étaient réservées, froides, polies, peu ouvertes. Comme sa bouche était charmante, ses lèvres les plus vermeilles et ses dents les plus blanches du monde, son sourire corrigeait ce que toute sa physionomie avait de sévère. A de certains moments, c'était un singulier contraste que ce front chaste et ce sourire voluptueux. Il avait l'œil petit et le regard grand.

Au temps de sa pire misère, il remarquait que les jeunes filles se retournaient quand il passait, et il se sauvait ou se cachait, la mort dans l'âme. Il pensait qu'elles le regardaient pour ses vieux habits et qu'elles en riaient ; le fait est qu'elles le regardaient pour sa grâce et qu'elles en rêvaient.

Les Misérables, VIII, I, I.

Le plaisir de Marius était de faire de longues promenades seul sur les boulevards extérieurs, ou au Champ-de-Mars, ou dans les allées les moins fréquentées du Luxembourg. Il passait quelquefois une demi-journée à regarder le jardin d'un maraîcher, les carrés de salade, les poules dans le fumier, et le cheval tournant la roue de la noria. Les passants le considéraient avec surprise, et quelques-uns lui trouvaient une mise suspecte et une mine sinistre. Ce n'était qu'un jeune homme pauvre, rêvant sans objet [...].

Quelques-uns des anciens généraux ou des anciens camarades de son père l'avaient invité, quand ils le connurent, à les venir voir. Marius n'avait point refusé. C'étaient des occasions de parler de son père. Il allait ainsi de temps en temps chez le comte Pajol, chez le général Bellavesne, chez le général Fririon, aux Invalides. On y faisait de la musique, on y dansait. Ces soirs-là, Marius mettait son habit neuf. Mais il n'allais jamais à ces soirées ni à ces bals que les jours où il gelait à pierre fendre, car il ne pouvait payer une voiture et il ne voulait arriver qu'avec des bottes comme des miroirs.

Il disait quelquefois, mais sans amertume : « Les hommes sont ainsi faits que, dans un salon, vous pouvez être crotté partout, excepté sur les souliers. On ne vous demande là, pour vous bien accueillir, qu'une chose irréprochable. La conscience ? Non ; les bottes. »

Toutes les passions, autres que celles du cœur, se dissipent dans la rêverie. Les fièvres politiques de Marius s'y étaient évanouies. La révolution de 1830, en le satisfaisant, et en le calmant, y avait aidé. Il était resté le même, aux colères près. Il avait toujours les mêmes opinions, seulement elles s'étaient attendries. A proprement parler, il n'avait plus d'opinions, il avait des sympathies. De quel parti était-il ? Du parti de l'humanité. Dans l'humanité, il choisissait la France ; dans la nation, il choisissait le peuple ; dans le peuple, il choisissait la femme. C'était là surtout que sa pitié allait. Maintenant il préférait une idée à un fait, un poète à un héros, et il admirait plus encore un livre comme Job qu'un événement comme Marengo. Et puis, quand après une journée de méditation, il s'en revenait le soir par les boulevards et qu'à travers les branches des arbres, il apercevait l'espace sans fond, les lueurs sans nom, l'abîme, l'ombre, le mystère, tout ce qui n'est qu'humain lui semblait bien petit.

Il croyait être et il était peut-être en effet arrivé au vrai de la vie et de la philosophie humaine, et il avait fini par ne plus guère regarder que le ciel, seule chose que la vérité puisse voir du fond de son puits.

Cela ne l'empêchait pas de multiplier les plans, les combinaisons, les échafaudages, les projets d'avenir. Dans cet état de rêverie, un œil qui eût regardé au-dedans de Marius eût été ébloui de la pureté de cette âme. En effet, s'il était donné à nos yeux de chair de voir dans la conscience d'autrui, on jugerait bien plus sûrement un homme d'après ce qu'il rêve que d'après ce qu'il pense. Il y a de la volupté dans la pensée, il n'y en a pas dans le rêve. Le rêve, qui est tout spontané, prend et garde, même dans le gigantesque et l'idéal, la figure de notre esprit : rien ne sort plus directement et plus sincèrement du fond même de notre âme que nos aspirations irréfléchies et démesurées vers les splendeurs de la destinée. Dans ces aspirations, bien plus que dans les idées composées, raisonnées et coordonnées, on peut retrouver le vrai caractère de chaque homme. Nos chimères sont ce qui nous ressemble le mieux. Chacun rêve l'inconnu et l'impossible selon sa nature.

Vers le milieu de cette année 1831, la vieille qui servait Marius lui conta qu'on allait mettre à la porte ses voisins, le misérable ménage Jondrette. Marius, qui passait presque toutes ses journées dehors, savait à peine qu'il eût des voisins.

« Pourquoi les renvoie-t-on ? dit-il.

– Parce qu'ils ne paient pas leur loyer. Ils doivent deux termes.

– Combien est-ce ?

– Vingt francs », dit la vieille.

Marius avait trente francs en réserve dans un tiroir.

« Tenez, dit-il à la vieille, voilà vingt-cinq francs. Payez pour ces pauvres gens, donnez-leur cinq francs, et ne dites pas que c'est moi. »

Les Misérables, III, V, v.

La vie devint sévère pour Marius. Manger ses habits et sa montre, ce n'était rien. Il mangea de cette chose inexprimable qu'on appelle *de la vache enragée*. Chose horrible, qui contient les jours sans pain, les nuits sans sommeil, les soirs sans chandelle, l'âtre sans feu, les semaines sans travail, l'avenir sans espérance, l'habit percé au coude, le vieux chapeau qui fait rire les jeunes filles, la porte qu'on trouve fermée le soir parce qu'on ne paie pas son loyer, l'insolence du portier et du gargotier, les ricanements des voisins, les humiliations, la dignité refoulée, les besognes quelconques acceptées, les dégoûts, l'amertume, l'accablement. Marius apprit comment on dévore tout cela, et comment ce sont souvent les seules choses qu'on ait à dévorer. A ce moment de l'existence où l'homme a besoin d'orgueil parce qu'il a besoin d'amour, il se sentit moqué parce qu'il était mal vêtu, et ridicule parce qu'il était pauvre. A l'âge où la jeunesse vous gonfle le cœur d'une fierté impériale, il abaissa plus d'une fois ses yeux sur ses bottes trouées, et il connut les hontes injustes et les rougeurs poignantes de la misère. Admirable et terrible épreuve dont les faibles sortent infâmes, dont les forts sortent sublimes. Creuset où la destinée jette un homme, toutes les fois qu'elle veut avoir un gredin ou un demi-dieu.

Car il se fait beaucoup de grandes actions dans les petites luttes. Il y a des bravoures opiniâtres et ignorées qui se défendent pied à pied dans l'ombre contre l'envahissement fatal des nécessités et des turpitudes. Nobles et mystérieux triomphes qu'aucun regard ne voit, qu'aucune renommée ne paie, qu'aucune fanfare ne salue. La vie, le malheur, l'isolement, l'abandon, la pauvreté, sont les champs de bataille qui ont leurs héros ; héros obscurs plus grands parfois que les héros illustres.

De fermes et rares natures sont ainsi créées ; la misère, presque toujours marâtre, est quelquefois mère ; le dénuement enfante la puissance d'âme et d'esprit ; la détresse est nourrice de la fierté ; le malheur est un bon lait pour les magnanimes.

Il y eut un moment dans la vie de Marius où il balayait son palier, où il achetait un sous de fromage de Brie chez la fruitière, où il attendait que la brune tombât pour s'introduire chez le boulanger, et y acheter un pain qu'il emportait furtivement dans son grenier, comme s'il l'eût volé. Quelquefois on voyait se glisser dans la boucherie du coin, au milieu des cuisinières goguenardes qui le coudoyaient, un jeune homme gauche portant des livres sous son bras, qui avait l'air timide et furieux, qui en entrant ôtait son chapeau de son front où perlait la sueur, faisait un profond salut à la bouchère étonnée, un autre salut au garçon boucher, demandait une côtelette de mouton, la payait six ou sept sous, l'enveloppait de papier, la mettait sous son bras entre deux livres, et s'en allait. C'était Marius. Avec cette côtelette, qu'il faisait cuire lui-même, il vivait trois jours.

Le premier jour il mangeait la viande, le second jour il mangeait la graisse, le troisième jour il rongeait l'os.

Les Misérables, III, V, I.

Gwynplaine devant Déa

Gwynplaine songeait à Déa. A quoi eût-il songé ? Mais ce soir-là, singulièrement confus, plein d'un charme où il y avait de l'angoisse, il songeait à Déa comme un homme songe à une femme. Il se le reprochait. C'était une diminution. La sourde attaque de l'époux commençait en lui. Douce et impérieuse impatience. Il franchissait la frontière invisible ; en deçà il y a la vierge, au-delà il y a la femme. Il se questionnait avec anxiété ; il avait ce qu'on pourrait appeler la rougeur intérieure. Le Gwynplaine des premières années s'était peu à peu transformé dans l'inconscience d'une croissance mystérieuse. L'ancien adolescent pudique se sentait devenir trouble et inquiétant. Nous avons l'oreille de lumière où parle l'esprit, et l'oreille d'obscurité où parle l'instinct. Dans cette oreille amplifiante, des voix inconnues lui faisaient des offres. Si pur que soit le jeune homme qui rêve d'amour, un certain épaississement de chair finit toujours par s'interposer entre son rêve et lui. Les intentions perdent leur transparence. L'inavouable voulu par la nature fait son entrée dans la conscience. Gwynplaine éprouvait on ne sait quel appétit de cette matière où sont toutes les tentations, et qui manquait presque à Déa. Dans sa fièvre, qui lui semblait malsaine, il transfigurait Déa, du côté périlleux peut-être, et il tâchait d'exagérer cette forme séraphique jusqu'à la forme féminine. C'est de toi, femme, que nous avons besoin.

Trop de paradis, l'amour en arrive à ne pas vouloir cela. Il lui faut la peau fiévreuse, la vie émue, le baiser électrique et irréparable, les cheveux dénoués, l'étreinte ayant un but [...].

Déa, pas plus qu'une autre, n'était hors la loi, et Gwynplaine, tout en ne l'avouant qu'à demi, avait une vague volonté qu'elle s'y soumît. Il avait cette volonté malgré lui, et dans une rechute continuelle. Il se figurait Déa humaine. Il en était à concevoir une idée inouïe : Déa, créature, non plus seulement d'extase mais de volupté ; Déa la tête sur l'oreiller. Il avait honte de cet empiétement visionnaire ; c'était comme un effort de profanation ; il résistait à cette obsession ; il s'en détournait puis il y revenait [...].

La chair, c'est le dessus de l'inconnu [...].

En cet instant-là, ce qui agitait Gwynplaine et ce qui le tenait, c'était cet effrayant amour de surface. Moment redoutable que celui où l'on veut la nudité. Que de ténèbres dans cette blancheur de Vénus ! [...].

Gwynplaine chancelait sous le poids de son cœur, du printemps et de la nuit.

L'homme qui rit, II, III, IX.

Mazeppa

I

Ainsi quand Mazeppa, qui rugit et pleure,
A vu ses bras, ses pieds, ses flancs qu'un sabre effleure,
Tous ses membres liés
Sur un fougueux cheval, nourri d'herbes marines,
Qui fume, et fait jaillir le feu de ses narines
Et le feu de ses pieds ;

....

II

Ainsi, lorsqu'un mortel, sur qui son dieu s'étale,
S'est vu lier vivant sur ta croupe fatale,
Génie, ardent coursier,
En vain il lutte, hélas ! tu bondis, tu l'emportes
Hors du monde réel, dont tu brise les portes
Avec tes pieds d'acier !

Tu franchis avec lui déserts, cimes chenues
Des vieux monts, et les mers, et, par-delà les nues,
De sombres régions ;
Et mille impurs esprits que ta course réveille,
Autour du voyageur, insolente merveille,
Pressent leurs légions.

Il traverse d'un vol, sur tes ailes de flamme,
Tous les champs du possible, et les mondes de l'âme ;
Boit au fleuve éternel ;
Dans la nuit orageuse ou la nuit étoilée,
Sa chevelure, aux crins des comètes mêlée,
Flamboie au front du ciel.

Les six lunes d'Herschel, l'anneau du vieux Saturne,
Le pôle, arrondissant une aurore nocturne
Sur son front boréal,
Il voit tout ; et pour lui ton vol, que rien ne lasse,
De ce monde sans borne à chaque instant déplace
L'horizon idéal.

Qui peut savoir, hormis les démons et les anges,
Ce qu'il souffre à te suivre, et quels éclairs étranges
A ses yeux reluiront,
Comme il sera brûlé d'ardentes étincelles,
Hélas ! et dans la nuit combien de froides ailes
Viendront battre son front ?

Il crie épouvanté, tu poursuis implacable.
Pâle, épuisé, béant, sous ton vol qui l'accable
Il ploie avec effroi ;
Chaque pas que tu fais semble creuser sa tombe.
Enfin le terme arrive... Il court, il vole, il tombe,
Et se relève roi !

Les Orientales. Mai 1828.

Mirabeau

La première partie de la vie de Mirabeau est remplie par Sophie, la seconde par la Révolution. Un orage domestique, puis un orage politique, voilà Mirabeau. Quand on examine de près sa destinée, on se rend raison de ce qu'il y eut en elle de fatal et de nécessaire. Les déviations de son cœur s'expliquent par les secousses de sa vie.

Voyez. Jamais les causes n'ont été nouées de plus près aux effets. Le hasard lui donne un père qui lui enseigne le mépris de sa mère ; une mère qui lui enseigne la haine de son père [...]. Il ne rencontre dans la vie que deux choses qui le traitent bien et qui l'aiment, deux choses irrégulières et révoltées contre l'ordre, une maîtresse et une révolution.

Étude sur Mirabeau, IV.

Enjolras

Nature pontificale et guerrière, étrange dans un adolescent. Il était officiant et militant ; au point de vue immédiat, soldat de la démocratie ; au-dessus du mouvement contemporain, prêtre de l'idéal. Il avait la prunelle profonde, la paupière un peu rouge, la lèvre inférieure épaisse et facilement dédaigneuse, le front haut. Beaucoup de front dans un visage, c'est comme beaucoup de ciel dans un horizon. Ainsi que certains jeunes hommes du commencement de ce siècle et de la fin du siècle dernier qui ont été illustres de bonne heure, il avait une jeunesse excessive, fraîche comme chez les jeunes fille, quoique avec des heures de pâleur. Déjà homme, il semblait encore enfant. Ses vingt-deux ans en paraissaient dix-sept. Il était grave, il ne semblait pas savoir qu'il y eût sur la terre un être appelé la femme. Il n'avait qu'une passion, le droit, qu'une pensée, renverser l'obstacle.

Les Misérables, III, IV, I.

Les enfants

Les quatre enfants joyeux me tirent par la manche,
Dérangent mes papiers, font rage ; c'est dimanche ;
Ils s'inquiètent peu si je travaille ou non ;
Ils vont criant, sautant, m'appelant par mon nom ;
Ils m'ont caché ma plume et je ne puis écrire ;
Et bruyamment, avec de grands éclats de rire,
Se dressant par-dessus le dos du canapé,
Chacun vient à son tour m'apparaître, drapé
Dans un burnous arabe aux bandes éclatantes ;
Et je songe à l'Afrique, aux hommes sous les tentes,
A La Mecque, au désert formidable et vermeil ;
On part avant le jour, de crainte du soleil ;
La file des piétons et des chameaux s'allonge,
Passe confusément, chemine, et semble un songe ;
La nuée au vent flotte ainsi qu'une toison ;
Et les vagues de sable, emplissant l'horizon,
Les ravins où jadis rêvait le patriarche,
Font dans l'ombre onduler la caravane en marche.

La Dernière Gerbe. 30 novembre 1862.

Date Lilia

Oh ! si vous rencontrez quelque part sous les cieux
Une femme au front pur, au pas grave, au doux yeux,
Que suivent quatre enfants dont le dernier chancelle,
Les surveillant bien tous, et, s'il passe près d'elle
Quelque aveugle indigent que l'âge appesantit,
Mettant une humble aumône aux mains du plus petit ;
Si, quand la diatribe autour d'un nom s'élance,
Vous voyez une femme écouter en silence,
Et douter, puis vous dire : « Attendons pour juger.
Quel est celui de nous qu'on ne pourrait charger ?
On est prompt à ternir les choses les plus belles.
La louange est sans pieds et le blâme a des ailes. »
Si, lorsqu'un souvenir, ou peut-être un remords,
Ou le hasard vous mène à la cité des morts,
Vous voyez, au détour d'une secrète allée,

Prier sur un tombeau dont la route est foulée,
Seul avec des enfants, un être gracieux
Qui pleure en souriant comme l'on pleure aux cieux ;
Si de ce sein brisé la douleur et l'extase
S'épanchent comme l'eau des fêlures d'un vase ;
Si rien d'humain ne reste à cet ange éploré ;
Si terni par le deuil, son œil chaste et sacré,
Bien plus levé là-haut que baissé vers la tombe,
Avec tant de regret sur la terre retombe
Qu'on dirait que son cœur n'a pas encore choisi
Entre sa mère au ciel et ses enfants ici ;
Quand, vers Pâque ou Noël, l'église, aux nuits tomban-
                                                    [tes,
S'emplit de pas confus et de cires flambantes,
Quand la fumée en flots déborde aux encensoirs
Comme la blanche écume aux lèvres des pressoirs,
Quand au milieu des chants d'hommes, d'enfants, de
                                                [femmes,
Une âme selon Dieu sort de toutes ces âmes,
Si, loin des feux, des voix, des bruits et des splendeurs,
Dans un repli perdu parmi les profondeurs,
Sur quatre jeunes fronts groupés près du mur sombre,
Vous voyez se pencher un regard voilé d'ombre
Où se mêle, plus doux encore que solennel,
Le rayon virginal au rayon maternel ;
Oh ! qui que vous soyez, bénissez-la. C'est elle !
La sœur, visible aux yeux, de mon âme immortelle !
Mon orgueil, mon espoir, mon abri, mon recours !
Toit de mes jeunes ans qu'espèrent mes vieux jours !
C'est elle, la vertu sur ma tête penchée ;
La figure d'albâtre en ma maison cachée ;
L'arbre qui, sur la route où je marche à pas lourds,
Verse des fruits souvent et de l'ombre toujours ;
La femme dont ma joie est le bonheur suprême ;
Qui, si nous chancelons, ses enfants ou moi-même,
Sans parole sévère et sans regard moqueur,
Les soutient de la main et me soutient du cœur ;
Celle qui, lorsqu'au mal, pensif, je m'abandonne,
Seule peut me punir et seule me pardonne ;
Qui de mes propres torts me console et m'absout ;
A qui j'ai dit : toujours ! et qui m'a dit : partout !

Elle ! tout dans un mot ! c'est dans ma froide brume
Une fleur de beauté que la bonté parfume !
D'une double nature hymen mystérieux :
La fleur est de la terre et le parfum des cieux.

      Les Chants du crépuscule. 16 septembre 1834.

Mes deux filles

Dans le frais clair-obscur du soir charmant qui tombe,
L'une pareille au cygne et l'autre à la colombe,
Belles, et toutes deux joyeuses, ô douceur !
Voyez, la grande sœur et la petite sœur
Sont assises au seuil du jardin, et sur elles
Un bouquet d'œillets blancs aux longues tiges frêles,
Dans une urne de marbre agité par le vent,
Se penche, et les regarde, immobile et vivant,
Et frissonne dans l'ombre, et semble, au bord du vase,
Un vol de papillons arrêté dans l'extase.

      Les Contemplations. 10 juin 1842.

Louis-Philippe

Louis-Philippe était un homme rare.

Fils d'un père auquel l'histoire accordera certainement les circonstances atténuantes, mais aussi digne d'estime que ce père avait été digne de blâme ; ayant toutes les vertus privées et plusieurs des vertus publiques ; soigneux de sa santé, de sa fortune, de sa personne, de ses affaires ; connaissant le prix d'une minute et pas toujours le prix d'une année ; sobre, serein, paisible, patient ; bonhomme et bon prince ; couchant avec sa femme, et ayant dans son palais des laquais chargés de faire voir le lit conjugal aux bourgeois, ostentation d'alcôve régulière devenue utile après les anciens étalages illégitimes de la branche aînée ; sachant toutes les langues de l'Europe, et, ce qui est plus rare, tous les langages de tous les intérêts, et les parlant ; admirable représentant de la classe moyenne, mais la dépassant, et de toutes les façons plus grand qu'elle ; ayant l'excellent esprit, tout en appréciant le sang dont il sortait, de se compter surtout pour sa valeur intrinsèque, et, sur la question même de sa race, très particulier, se déclarant Orléans et non Bourbon ; très premier prince du sang qu'il n'avait été qu'altesse sérénissime, mais franc-bourgeois le jour où il fut majesté ; diffus en public, concis dans l'intimité ; avare signalé, mais non prouvé ; au fond, un de ces économes aisément prodigues pour leur fantaisie ou leur devoir ; lettré et peu sensible aux lettres ; gentilhomme, mais non chevalier ; simple, calme et fort ; adoré de sa famille et de sa maison ; causeur séduisant ; homme d'État désabusé, intérieurement froid, dominé par l'intérêt immédiat, gouvernant toujours au plus près, incapable de rancune et de reconnaissance, usant sans pitié les supériorités sur les médiocrités, habile à faire donner tort par les majorités parlementaires à ces unanimités mystérieuses qui grondent sourdement sous les trônes ; expansif, parfois imprudent dans son expansion, mais d'une merveilleuse adresse dans cette imprudence ; fertile en expédients, en visages, en masques ; faisant peur à la France de l'Europe et à l'Europe de la France ; aimant incontestablement son pays, mais préférant sa famille ; prisant plus la domination que l'autorité et l'autorité que la dignité, disposition qui a cela de funeste que, tournant tout au succès, elle admet la ruse et ne répudie pas absolument la bassesse, mais qui a cela de profitable qu'elle préserve la politique des chocs violents, l'État des fractures et la société des catastrophes ; minutieux, correct, vigilant, attentif, sagace, infatigable ; se contredisant quelquefois, et se démentant ; hardi contre l'Autriche à Ancône, opiniâtre contre l'Angleterre en Espagne, bombardant Anvers et payant Pritchard ; chantant avec conviction *la Marseillaise ;* inaccessible à l'abattement, aux lassitudes, au goût du beau et de l'idéal, aux générosités téméraires, à l'utopie, à la chimère, à la colère, à la vanité, à la crainte ; ayant toutes les formes de l'intrépidité personnelle ; général à Valmy, soldat à Jemmapes ; tâté huit fois par le régicide, et toujours souriant ; brave comme un grenadier, courageux comme un penseur ; inquiet seulement devant les chances d'un ébranlement européen, et impropre aux grandes aventures politiques ; toujours prêt à risquer sa vie, jamais son œuvre ; déguisant sa volonté en influence afin d'être plutôt obéi comme intelligence que comme roi ; doué d'observation et non de divination ; peu attentif aux esprits, mais se connaissant en hommes, c'est-à-dire ayant besoin de voir pour juger ; bon sens prompt et pénétrant, sagesse pratique, parole facile, mémoire prodigieuse ; puisant sans cesse dans cette mémoire, son unique point de ressemblance avec César, Alexandre et Napoléon ; sachant les faits, les détails, les dates, les noms propres ; ignorant les tendances, les passions, les génies divers de la foule, les aspirations intérieures, les soulèvements cachés et obscurs des âmes, en un mot, tout ce qu'on pourrait appeler les courants invisibles des consciences ; accepté par la surface, mais peu d'accord avec la France de dessous ; s'en tirant par la finesse ; gouvernant trop et ne régnant pas assez ; son Premier ministre à lui-même ; excellant à faire de la petitesse des réalités un obstacle à l'immensité des idées ; mêlant à une vraie faculté créatrice de civilisation, d'ordre et d'organisation, on ne sait quel esprit de procédure et de chicane ; fondateur et procureur d'une dynastie ; ayant quelque chose de Charlemagne et quelque chose d'un avoué ; en somme, figure haute et originale, prince qui sut faire du pouvoir malgré l'inquiétude de la France et de la puissance, malgré la jalousie de l'Europe, Louis-Philippe sera classé parmi les hommes éminents de son siècle, et serait rangé parmi les gouvernants les plus illustres de l'histoire, s'il eût un peu aimé la gloire et s'il eût eu le sentiment de ce qui est grand au même degré que le sentiment de ce qui est utile.

Louis-Philippe avait été beau, et, vieilli, était resté gracieux ; pas toujours agréé de la nation, il l'était toujours de la foule ; il plaisait. Il avait ce don, le charme. La majesté lui faisait défaut ; il ne portait ni la couronne, quoique roi, ni les cheveux blancs, quoique vieillard. Ses manières étaient du vieux régime et ses habitudes du nouveau, mélange du vieux et du bourgeois qui convenait à 1830 ; Louis-Philippe était la transition régnante ; il avait conservé l'ancienne prononciation et l'ancienne orthographe qu'il mettait au service des opinions modernes ; il aimait la Pologne et la Hongrie, mais il écrivait *les Polonois* et il prononçait *les Hongrais*. Il portait l'habit de la garde nationale comme Charles X, et le cordon de la légion d'honneur comme Napoléon.

Il allait peu à la chapelle, point à la chasse, jamais à l'opéra. Incorruptible aux sacristains, aux valets de chiens et aux danseuses ; cela entrait dans sa popularité bourgeoise. Il n'avait point de cour. Il sortait avec son parapluie sous son bras, et ce parapluie a longtemps fait partie de son auréole. Il était un peu maçon, un peu jardinier et un peu médecin ; il saignait un postillon tombé de cheval ; Louis-Philippe n'allait pas plus sans sa lancette que Henri III sans son poignard. Les royalistes raillaient ce roi ridicule, le premier qui ait versé le sang pour guérir.

Dans les griefs de l'histoire contre Louis-Philippe, il y a une défalcation à faire ; il y a ce qui accuse la royauté, ce qui accuse le règne, et ce qui accuse le roi ; trois colonnes qui donnent chacune un total différent. Le droit démocratique confisqué, le progrès devenu le deuxième intérêt, les protestations de la rue réprimées violemment, l'exécution militaire des insurrections, l'émeute passée par les armes, la rue Transnonain, les conseils de guerre, l'absorption du pays réel par le pays légal, le gouvernement de compte à demi avec trois cent mille privilégiés, sont le fait de la royauté ; la Belgique refusée, l'Algérie trop durement conquise, et, comme l'Inde par les Anglais, avec plus de barbarie que de civilisation, le manque de foi à Abd-el-Kader, Blaye, Deutz acheté, Pritchard payé, sont le fait du règne ; la politique plus familiale que nationale est le fait du roi.

Comme on voit, le décompte opéré, la charge du roi s'amoindrit.

Sa grande faute, la voici : il a été modeste au nom de la France.

D'où vient cette faute ?

Disons-le.

Louis-Philippe a été un roi trop père ; cette incubation d'une famille qu'on veut faire éclore dynastie a peur de tout et n'entend pas être dérangée ; de là des timidités excessives, importunes au peuple qui a le 14 juillet dans sa tradition civile et Austerlitz dans sa tradition militaire.

Du reste, si l'on fait abstraction des devoirs publics, qui veulent être remplis les premiers, cette profonde tendresse de Louis-Philippe pour sa famille, sa famille la méritait. Ce groupe domestique était admirable. Les vertus y coudoyaient les talents. Une des filles de Louis-Philippe, Marie d'Orléans, mettait le nom de sa race parmi les artistes comme Charles d'Orléans l'avait mis parmi les poètes. Elle avait fait de son âme un marbre qu'elle avait nommé Jeanne d'Arc. Deux des fils de Louis-Philippe avaient arraché à Metternich cet éloge démagogique : *« Ce sont des jeunes gens comme on n'en voit guère et des princes comme on n'en voit pas. »*

Voilà, sans rien dissimuler, mais aussi sans rien aggraver, le vrai sur Louis-Philippe.

Être le prince Égalité, porter en soi la contradiction de la Restauration et de la Révolution, avoir ce côté inquiétant du révolutionnaire qui devient rassurant dans le gouvernant, ce fut là la fortune de Louis-Philippe en 1830 ; jamais il n'y eut adaptation plus complète d'un homme à un événement ; l'un entra dans l'autre, et l'incarnation se fit. Louis-Philippe, c'est 1830 fait homme. De plus, il avait pour lui cette grande désignation au trône, l'exil. Il avait été proscrit, errant, pauvre. Il avait vécu de son travail. En Suisse, cet apanagiste des plus riches domaines princiers de France avait vendu un vieux cheval pour manger. A Reichenau il avait donné des leçons de mathématiques pendant que sa sœur Adélaïde faisait de la broderie et cousait. Ces souvenirs mêlés à un roi enthousiasmaient la bourgeoisie. Il avait démoli de ses propres mains la dernière cage de fer du Mont-Saint-Michel, bâtie par Louis XI et utilisée par Louis XV. C'était le compagnon de

Dumouriez, c'était l'ami de La Fayette ; il avait été du Club des jacobins ; Mirabeau lui avait frappé sur l'épaule ; Danton lui avait dit : Jeune homme ! A vingt-quatre ans, en 93, étant M. de Chartres, du fond d'une logette obscure de la Convention, il avait assisté au procès de Louis XVI, si bien nommé *ce pauvre tyran*. La clairvoyance aveugle de la Révolution, brisant la royauté dans le roi et le roi avec la royauté, sans presque remarquer l'homme dans le farouche écrasement de l'idée, le vaste orage de l'Assemblée tribunal, la colère publique interrogeant, Capet ne sachant que répondre, l'effrayante vacillation stupéfaite de cette tête royale sous ce souffle sombre, l'innocence relative de tous dans cette catastrophe, de ceux qui condamnaient comme de celui qui était condamné, il avait regardé ces choses, il avait contemplé ces vertiges ; il avait vu les siècles comparaître à la barre de la Convention ; il avait vu, derrière Louis XVI, cet infortuné passant responsable, se dresser dans les ténèbres la formidable accusée, la monarchie ; et il lui était resté dans l'âme l'épouvante respectueuse de ces immenses justices du peuple presque aussi impersonnelles que la justice de Dieu.

La trace que la Révolution avait laissée en lui était prodigieuse. Son souvenir était comme une empreinte vivante de ces grandes années minute par minute. Un jour, devant un témoin dont il nous est impossible de douter, il rectifia de mémoire toute la lettre A de la liste alphabétique de l'Assemblée constituante.

Louis-Philippe a été un roi de plein jour. Lui régnant, la presse a été libre, la tribune a été libre, la conscience et la parole ont été libres. Les lois de septembre sont à claire-voie. Bien que sachant le pouvoir rongeur de la lumière sur les privilèges, il a laissé son trône exposé à la lumière. L'histoire lui tiendra compte de cette loyauté.

Louis-Philippe, comme tous les hommes historiques sortis de scène, est aujourd'hui mis en jugement par la conscience humaine. Son procès n'est encore qu'en première instance.

L'heure où l'histoire parle avec son accent vénérable

et libre n'a pas encore sonné pour lui ; le moment n'est pas venu de prononcer sur ce roi le jugement définitif ; l'austère et illustre historien Louis Blanc a lui-même récemment adouci son premier verdict ; Louis-Philippe a été l'élu de ces deux à-peu-près qu'on appelle les 221 et 1830, c'est-à-dire d'un demi-parlement et d'une demi-révolution ; et dans tous les cas, au point de vue supérieur où doit se placer la philosophie, nous ne pourrions le juger ici, comme on a pu l'entrevoir plus haut, qu'avec de certaines réserves au nom du principe démocratique absolu ; aux yeux de l'absolu, en dehors de ces deux droits, le droit de l'homme d'abord, le droit du peuple ensuite, tout est usurpation ; mais ce que nous pouvons dire dès à présent, ces réserves faites, c'est que, somme toute et de quelque façon qu'on le considère, Louis-Philippe, pris en lui-même et au point de vue de la bonté humaine, demeurera, pour nous servir du vieux langage de l'ancienne histoire, un des meilleurs princes qui aient passé sur un trône.

Qu'a-t-il contre lui ? Le trône. Otez de Louis-Philippe le roi, il reste l'homme. Et l'homme est bon. Il est bon parfois jusqu'à être admirable. Souvent, au milieu des plus graves soucis, après une journée de lutte contre toute la diplomatie du continent, il rentrait le soir dans son appartement, et là, épuisé de fatigue, accablé de sommeil, que faisait-il ? il prenait un dossier, et il passait sa nuit à réviser un procès criminel, trouvant que c'était quelque chose de tenir tête à l'Europe, mais que c'était une plus grande affaire encore d'arracher un homme au bourreau. Il s'opiniâtrait contre son garde des Sceaux ; il disputait pied à pied le terrain de la guillotine aux procureurs généraux, *ces bavards de la loi,* comme il les appelait. Quelquefois, les dossiers empilés couvraient sa table ; il les examinait tous ; c'était une angoisse pour lui d'abandonner ces misérables têtes condamnées. Un jour il disait au témoin que nous avons indiqué tout à l'heure : « *Cette nuit, j'en ai gagné sept.* » Pendant les premières années de son règne, la peine de mort fut comme abolie, et l'échafaud relevé fut une violence faite au roi. La Grève ayant disparu avec la branche aînée, une Grève bourgeoise fut instituée sous le nom de barrière Saint-Jacques ; les « hommes pratiques » sentirent le besoin d'une guillotine quasi légitime ; et ce fut là une des victoires de Casimir Périer, qui représentait les côtés étroits de la bourgeoisie, sur Louis-Philippe, qui en représentait les côtés libéraux. Louis-Philippe avait annoté de sa main Beccaria. Après la machine Fieschi il s'écriait : « *Quel dommage que je n'aie pas été blessé ! J'aurais pu faire grâce.* » Une autre fois, faisant allusion aux résistances de ses ministres, il écrivait à propos d'un condamné politique qui est une des plus généreuses figures de notre temps : « *Sa grâce est accordée, il ne me reste plus qu'à l'obtenir.* » Louis-Philippe était doux comme Louis IX et bon comme Henri IV.

Or, pour nous, dans l'histoire où la bonté est la perle rare, qui a été bon passe presque avant qui a été grand.

Louis-Philippe ayant été apprécié sévèrement par les uns, durement peut-être par les autres, il est tout simple qu'un homme, fantôme lui-même aujourd'hui, qui a connu ce roi, vienne déposer pour lui devant l'histoire ; cette déposition, quelle qu'elle soit, est évidemment et avant tout désintéressée ; une épitaphe écrite par un mort est sincère ; une ombre peut consoler une autre ombre ; le partage des mêmes ténèbres donne le droit de louange ; et il est peu à craindre qu'on dise jamais de deux tombeaux dans l'exil : celui-ci a flatté l'autre.

Les Misérables, IX, I, III.

La rêverie [61]

Rêverie ! O cigare invisible du sage !
Opium idéal ! narguilé du cerveau !
Ô paradis ! rêver, étendu comme un veau !
Dieu ! comme ne rien faire est un genre facile !
Au lieu de condenser, alchimiste imbécile,
L'idée en action sous son crâne qui bout,
Et d'y faire tenir des drames tout debout,
Au lieu de se donner la peine de s'extraire

De l'âme un tas de vers qu'attend un vent contraire,
Qui font que l'œil est sombre et que le front pâlit,
Le matin, chaudement allongé dans son lit,
On rêvasse ; on s'emplit la cervelle de fées ;
Calme, on flâne en soi-même ; on songe par bouffées ;
Dort-on ? Ou rêve-t-on ? Vers le plafond qui rit,
On regarde s'enfuir ce qu'on a dans l'esprit
En bleuâtre vapeur, mollement dispersée ;
Et, couché sur le dos, on fume sa pensée.

Le Théâtre en liberté. Reliquat.

Un rêve

6 septembre 1847

Cette nuit, j'ai rêvé ceci. (On avait parlé d'émeutes toute la soirée à cause des troubles de la rue Saint-Honoré.)

Je rêvais donc. J'entrais dans un passage obscur. Des hommes passèrent auprès de moi et me coudoyèrent dans l'ombre. Je sortis du passage. J'étais dans une grande place carrée, plus longue que large, entourée d'une espèce de vaste muraille ou de haut édifice qui ressemblait à une muraille et qui la fermait des quatre côtés. Il n'y avait ni portes ni fenêtres à cette muraille ; à peine ça et là quelques trous. A de certains endroits, le mur paraissait criblé ; dans d'autres il pendait à demi entrouvert comme après un tremblement de terre. Cela avait l'aspect nu, croulant et désolé des places des villes d'Orient.

Pas un seul passant. Il faisait petit jour. La pierre était grisâtre, le ciel aussi. J'entrevoyais à l'extrémité de la place quatre choses obscures qui ressemblaient à des canons braqués.

Une nuée d'hommes et d'enfants déguenillés passa près de moi en courant avec des gestes de terreur.

« Sauvons-nous ! criait l'un d'eux, voici la mitraille.
– Où sommes-nous donc ? demandai-je. Qu'est-ce que c'est que cet endroit-ci ?

– Vous n'êtes donc pas de Paris ! reprit l'homme. C'est le Palais-Royal. »

Je regardai alors et je reconnus en effet, dans cette affreuse place dévastée et en ruine, une espèce de spectre du Palais-Royal.

Les hommes s'étaient enfuis comme une nuée. Je ne savait où ils avaient passé.

Je voulais fuir aussi. Je ne pouvais. Je voyais dans le crépuscule aller et venir une lumière autour des canons.

La place était déserte. On entendait crier : Sauvez-vous ! on va tirer ! mais on ne voyait pas ceux qui criaient.

Une femme passa près de moi. Elle était en haillons et portait un enfant sur son dos. Elle ne courait pas. Elle marchait lentement. Elle était jeune, pâle, froide, terrible.

En passant près de moi, elle me dit : « C'est bien malheureux ! le pain est à trente-quatre sous, et encore les boulangers trompent sur le poids. »

Je vis la lumière faire un éclair au bout de la place et j'entendis le canon. Je m'éveillai.

On venait de fermer la porte cochère avec bruit.

Choses vues.

Les journées de Juin

Il arrive quelquefois que, même contre les principes, même contre la liberté, l'égalité et la fraternité, même contre le vote universel, même contre le gouvernement de tous par tous, du fond de ses angoisses, de ses découragements, de ses dénuements, de ses fièvres, de ses détresses, de ses miasmes, de ses ignorances, de ses ténèbres, cette grande désespérée, la canaille, proteste, et que la populace livre bataille au peuple [...].

Les exaspérations de cette foule qui souffre et qui saigne, ses violences à contresens sur les principes qui sont sa vie, ses voies de fait contre le droit, sont des coups d'État populaires, et doivent être réprimés. L'homme probe s'y dévoue, et, par amour même pour cette foule, il la combat. Mais comme il la sent excusable tout en lui tenant tête ! Comme il la vénère tout en lui résistant ! C'est là un de ces moments rares où, en faisant ce qu'on doit faire, on sent quelque chose qui déconcerte et qui déconseillerait presque d'aller plus loin ; on persiste, il le faut ; mais la conscience satisfaite est triste, et l'accomplissement du devoir se complique d'un serrement de cœur.

Les Misérables, V, I, I.

Gwynplaine et les Misérables

Gwynplaine était si heureux qu'il en venait à plaindre les hommes autour de lui. Il avait de la pitié de reste. C'était d'ailleurs son instinct de regarder un peu dehors, car aucun homme n'est tout d'une pièce et une nature n'est pas une abstraction ; il était ravi d'être muré, mais de temps en temps il levait la tête par-dessus le mur. Il n'en rentrait qu'avec plus de joie dans son isolement près de Déa, après avoir comparé.

Que voyait-il autour de lui ? Qu'était-ce que ces vivants dont son existence nomade lui montrait tous les échantillons, chaque jour remplacés par d'autres ? Toujours de nouvelles foules et toujours la même multitude. Toujours de nouveaux visages, et toujours les mêmes infortunes. Une promiscuité de ruines. Chaque soir toutes les fatalités sociales venaient faire cercle autour de sa félicité.

La Green-Box était populaire.

Le bas prix appelle la basse classe. Ce qui venait à lui c'étaient les faibles, les pauvres, les petits. On allait à Gwynplaine comme on va au gin. On venait acheter pour deux sous l'oubli. Du haut de son tréteau, Gwynplaine passait en revue le sombre peuple. Son esprit s'emplissait de toutes ces apparitions successives de l'immense misère. La physionomie humaine est faite par la conscience et par la vie, et est la résultante d'une foule de creusements mystérieux. Pas une souffrance, pas une colère, pas une ignominie, pas un désespoir, dont Gwynplaine ne vît la ride. Ces bouches d'enfants n'avaient pas mangé. Cet homme était un père, cette femme était une mère, et derrière eux on devinait des familles en perdition. Tel visage sortait du vice et entrait au crime ; et l'on comprenait le pourquoi : ignorance et indigence. Tel autre offrait une empreinte de bonté première raturée par l'accablement social et devenue haine. Sur ce front de vieille femme on voyait la famine ; sur ce front de jeune fille on voyait la prostitution. Le même fait, offrant chez la jeune la ressource, et plus lugubre là. Dans cette cohue il y avait des bras, mais pas d'outils ; ces travailleurs ne demandaient pas mieux, mais le travail manquait. Parfois, près de l'ouvrier un soldat venait s'asseoir, quelquefois un invalide, et Gwinplaine apercevait ce spectre, la guerre. Ici Gwinplaine lisait chômage, là exploitation, là servitude. Sur certains fronts il constatait on ne sait quel refoulement vers l'animalité, et ce lent retour de l'homme à la bête produit en bas par la pression des pesanteurs obscures du bonheur d'en haut. Dans ces ténèbres, il y avait pour Gwynplaine un soupirail. Ils avaient, lui et Déa, du bonheur par un jour de souffrance. Tout le reste était damnation. Gwynplaine sentait au-dessus de lui le piétinement inconscient des puissants, des opulents, des magnifiques, des grands, des élus du hasard ; au-dessous, il distinguait le tas de faces pâles des déshérités ; il se voyait, lui et Déa, avec leur tout petit bonheur, si immense, entre deux mondes ; en haut le monde allant et venant, libre, joyeux, dansant, foulant aux pieds, en haut, le monde qui marche ; en bas, le monde sur qui l'on marche. Chose fatale, et qui indique un profond mal social, la lumière écrase l'ombre. Gwynplaine constatait ce deuil. Quoi ! une destinée si reptile ! L'homme se traînant ainsi ! une telle adhérence à la poussière et à la fange, un tel dégoût, une telle abdication, et une telle abjection, qu'on a envie de mettre le pied dessus ! De quel papillon cette vie terrestre est-elle donc la chenille ! Quoi ! dans cette foule qui a faim et qui ignore, partout, devant tous, le point d'interrogation du crime ou de la honte ! L'inflexibilité des lois produisant l'amollissement des consciences ; pas un enfant qui ne croisse pour le rapetissement ; pas une vierge qui ne grandisse pour l'offre ; pas une rose qui ne naisse pour la bave ! Ses yeux parfois, curieux d'une curiosité émue, cherchaient à voir jusqu'au fond de cette obscurité où agonisaient tant d'efforts inutiles et où luttaient tant de lassitudes, familles dévorées par la société, mœurs torturées par les lois, plaies faites gangrènes par la pénalité, indigences rongées par l'impôt, intelligences à vau-l'eau dans un engloutissement d'ignorance, radeaux en détresse couverts d'affamés, guerres, disettes, râles, cris, disparitions ; et il sentait le vague saisissement de cette poignante angoisse universelle. Il avait la vision de toute cette écume du malheur sur le sombre pêle-mêle humain. Lui, il était au port, et il regardait autour de lui ce naufrage.

L'homme qui rit, II, II, X.

Gwynplaine à la Chambre des Lords

L'homme pensif est souvent l'homme passif. Il lui avait semblé entendre le commandement même du devoir. Cette entrée dans un lieu où l'on peut discuter l'oppression et la combattre, n'était-ce point la réalisation d'une de ses aspirations les plus profondes ? Quand la parole lui était donnée, à lui formidable échantillon social, à lui spécimen vivant du bon plaisir sous lequel depuis six mille ans râle le genre humain, avait-il le droit de la refuser ? avait-il le droit d'ôter sa tête de dessous la langue de feu tombant d'en haut et venant se poser sur lui ?

Dans l'obscur et vertigineux débat de la conscience, que s'était-il dit ? Ceci : « Le peuple est un silence. Je serai l'immense avocat de ce silence. Je parlerai pour les muets. Je parlerai des petits aux grands et des faibles aux puissants. C'est là le but de mon sort. Dieu veut ce qu'il veut, et il le fait [...]. J'ai une mission. Je serai le lord des pauvres. Je parlerai pour tous les taciturnes désespérés. Je traduirai les bégaiements. Je traduirai les grondements, les hurlements, les murmures, la rumeur des foules, les plaintes mal prononcées, les voix inintelligibles, et tous ces cris de bêtes qu'à force d'ignorance et de souffrance on fait pousser aux hommes. Le bruit des hommes est inarticulé comme le bruit du vent ; ils crient, mais on ne les comprend pas ; crier ainsi équivaut à se taire, et se taire est leur désarmement. Désarmement forcé qui réclame le secours. Moi, je serai le secours. Moi, je serai la dénonciation. Je serai le Verbe du Peuple. Grâce à moi, on comprendra. Je sera la bouche sanglante dont le bâillon est arraché. Je dirai tout. Ce sera grand. »

Oui, parler pour les muets, c'est beau ; mais parler aux sourds, c'est triste. C'était là la seconde partie de son aventure.

Hélas ! il avait avorté.

Il avait avorté irrémédiablement.

Cette élévation à laquelle il avait cru, cette haute fortune, cette apparence, s'était effrondrée sous lui.

Quelle chute ! tomber dans l'écume du rire [...].

Il était venu s'échouer à ce colossal écueil, la frivolité des heureux. Il se croyait un vengeur, il était un clown. Il croyait foudroyer, il avait chatouillé. Au lieu de l'émotion, il avait recueilli la moquerie. Il avait sangloté, on était entré en joie. Sous cette joie, il avait sombré. Engloutissement funèbre [...].

Que la misère se cache et se taise, sinon elle est lèse-majesté. Et ces hommes qui avaient traîné Gwynplaine sur la claie du sarcasme, étaient-ils méchants ? Non, mais ils avaient, eux aussi, leur fatalité ; ils étaient heureux. Ils étaient bourreaux sans le savoir. Ils étaient de bonne humeur. Ils avaient trouvé Gwynplaine inutile [...].

En se saturant de l'aimantation des multitudes, en s'imprégnant de l'immense âme humaine, il avait perdu, dans le sens commun de tout le monde, le sens spécial des classes reines. En haut, il était impossible. Il arrivait tout mouillé de l'eau du puits Vérité. Il avait la fétidité de l'abîme. Il répugnait à ces princes, parfumés de mensonges. A qui vit de fiction, la vérité est infecte. Qui a soif de flatterie revomit le réel, bu par surprise. Ce qu'il apportait, lui Gwynplaine, n'était pas présentable ; c'était, quoi ? la raison, la sagesse, la justice. On le rejetait avec dégoût.

Il y avait là des évêques. Il leur apportait Dieu. Qu'était-ce que cet intrus ? [...].

Gwynplaine constatait, dans cette méditation au bord de son destin, l'immensité inutile de son effort. Il constatait la surdité des hauts lieux. Les privilégiés n'ont pas d'oreille du côté des déshérités. Est-ce la faute des privilégiés ? Non. C'est leur loi, hélas ! Pardonnez-leur. S'émouvoir, ce serait abdiquer. Où sont les seigneurs et les princes, il ne faut rien attendre. Le satisfait, c'est l'inexorable. Pour l'assouvi, l'affamé n'existe point. Les heureux ignorent, et s'isolent. Au seuil de leur paradis comme au seuil de l'enfer, il faut écrire : « Laissez toute espérance. »

Gwynplaine venait d'avoir la réception d'un spectre entrant chez les dieux.

L'homme qui rit, II, IX, II.

Souvenir de la nuit du 4

L'enfant avait reçu deux balles dans la tête.
Le logis était propre, humble, paisible, honnête ;
On voyait un rameau bénit sur un portrait.
Une vieille grand-mère était là qui pleurait.
Nous le déshabillions en silence. Sa bouche,
Pâle, s'ouvrait ; la mort noyait son œil farouche ;
Ses bras pendants semblaient demander des appuis.
Il avait dans sa poche une toupie en buis.
On pouvait mettre un doigt dans les trous de ses plaies.
Avez-vous vu saigner la mûre dans les haies ?
Son crâne était ouvert comme un bois qui se fend.
L'aïeule regardait déshabiller l'enfant,
Disant : « Comme il est blanc ! approchez donc la
                                        [lampe !
Dieu ! ses pauvres cheveux sont collés sur sa tempe ! »
Et quand ce fut fini, le prit sur ses genoux.
La nuit était lugubre ; on entendait des coups

Lithographie de Daumier (1870).

De fusil dans la rue où l'on en tuait d'autres.
« Il faut ensevelir l'enfant », dirent les nôtres,
Et l'on prit un drap blanc dans l'armoire en noyer.
L'aïeule cependant l'approchait du foyer
Comme pour réchauffer ses membres déjà roides.
Hélas ! ce que la mort touche de ses mains froides
Ne se réchauffe plus aux foyers d'ici-bas !
Elle pencha la tête et lui tira ses bas,
Et dans ses vieilles mains prit les pieds du cadavre.
« Est-ce que ce n'est pas une chose qui navre,
Cria-t-elle ! monsieur, il n'avait que huit ans !

Ses maîtres, il allait en classe, étaient contents.
Monsieur, quand il fallait que je fisse une lettre,
C'est lui qui l'écrivait. Est-ce qu'on va se mettre
A tuer les enfants maintenant ? Ah ! mon Dieu !
On est donc des brigands ? Je vous demande un peu,
Il jouait ce matin, là, devant la fenêtre !
Dire qu'ils m'ont tué ce pauvre petit être !
Il passait dans la rue, ils ont tiré dessus.
Monsieur, il était bon et doux comme un Jésus.
Moi, je suis vieille, il est tout simple que je parte ;
Cela n'aurait rien fait à monsieur Bonaparte
De me tuer au lieu de tuer mon enfant ! »
Elle s'interrompit, les sanglots l'étouffant,
Puis elle dit, et tous pleuraient près de l'aïeule :
« Que vais-je devenir à présent toute seule ?
Expliquez-moi cela, vous autres, aujourd'hui.
Hélas ! je n'avais plus de sa mère que lui.
Pourquoi l'a-t-on tué ? Je veux qu'on me l'explique.
L'enfant n'a pas crié vive la République. »
Nous nous taisions, debout et graves, chapeau bas,
Tremblant devant ce deuil qu'on ne console pas.

Vous ne compreniez point, mère, la politique.
Monsieur Napoléon, c'est son nom authentique,
Est pauvre et même prince ; il aime les palais ;
Il lui convient d'avoir des chevaux, des valets,
De l'argent pour son jeu, sa table, son alcôve,
Ses chasses ; par la même occasion, il sauve
La famille, l'église et la société ;
Il veut avoir Saint-Cloud, plein de roses l'été,
Où viendront l'adorer les préfets et les maires ;
C'est pour cela qu'il faut que les vieilles grand-mères,
De leurs pauvres doigts gris que fait trembler le temps,
Cousent dans le linceul des enfants de sept ans...

Les Châtiments. Jersey, 2 décembre 1852.

Marine-Terrace

Il y a une douzaine d'années, dans une île voisine des côtes de France, une maison, d'aspect mélancolique en toute saison, devenait particulièrement sombre à cause de l'hiver qui commençait. Le vent d'ouest, soufflant là en pleine liberté, faisait plus épaisses encore sur cette demeure toutes ces enveloppes de brouillard que novembre met entre la vie terrestre et le soleil. Le soir vient vite en automne ; la petitesse des fenêtres s'ajoutait à la brièveté des jours et aggravait la tristesse crépusculaire de la maison.

La maison, qui avait une terrasse pour toit, était rectiligne, correcte, carrée, badigeonnée de frais, toute blanche. C'était du méthodisme bâti. Rien n'est glacial comme cette blancheur anglaise. Elle semble vous offrir l'hospitalité de la neige. On songe, le cœur serré aux vieilles baraques paysannes de France, en bois, joyeuses et noires, avec des vignes.

A la maison était attenant un jardin d'un quart d'arpent, en plan incliné, entouré de murailles, coupé de degrés de granit et de parapets, sans arbres, nu, où l'on voyait plus de pierres que de feuilles. Ce petit terrain, pas cultivé, abondait en touffes de soucis qui fleurissent l'automne et que les pauvres gens du pays mangent cuits avec le congre. La plage, toute voisine, était masquée à ce jardin par un renflement de terrain. Sur ce renflement il y avait une prairie à l'herbe courte où prospéraient quelques orties et une grosse ciguë.

De la maison on apercevait, à droite, à l'horizon, sur une colline et dans un petit bois, une tour qui passait pour hantée ; à gauche, on voyait le *dick*. Le dick était une file de grands troncs d'arbres adossés à un mur, plantés debout dans le sable, desséchés, décharnés, avec des nœuds, des ankyloses et des rotules, qui semblait une rangée de tibias. La rêverie, qui accepte volontiers les songes pour se proposer des énigmes, pouvait se demander à quels hommes avaient appartenu ces tibias de trois toises de haut.

La façade sud de la maison donnait sur le jardin, la façade nord sur une route déserte.

Un corridor pour entrée, au rez-de-chaussée, une cuisine, une serre et une basse-cour, plus un petit salon ayant vue sur le chemin sans passants et un assez grand cabinet à peine éclairé ; au premier et au second étage, des chambres, propres, froides, meublées sommairement, repeintes à neuf, avec des linceuls blancs aux fenêtres. Tel était ce logis. Le bruit de la mer toujours entendu.

Cette maison, lourd cube blanc à angles droits, choisie par ceux qui l'habitaient sur la désignation du hasard, parfois intentionnelle peut-être, avait la forme d'un tombeau.

Ceux qui habitaient cette demeure étaient un groupe, disons mieux, une famille. C'étaient des proscrits. Le plus vieux était un de ces hommes qui, à un moment donné, sont de trop dans leur pays. Il sortait d'une assemblée ; les autres, qui étaient jeunes, sortaient d'une prison. Avoir écrit, cela motive les verrous. Où mènerait la pensée si ce n'est au cachot ?

La prison les avait élargis dans le bannissement.

Le vieux, le père ; avait là tous les siens, moins sa fille aînée, qui n'avait pu le suivre. Son gendre était près d'elle. Souvent ils étaient accoudés autour d'une table ou assis sur un banc, silencieux, graves, songeant ensemble, et sans se le dire, à ces deux absents.

Pourquoi ce groupe s'était-il installé dans ce logis, si peu avenant ? Pour des raisons de hâte, et par le désir d'être le plus tôt possible ailleurs qu'à l'auberge. Sans doute aussi parce que c'était la première maison à louer qu'ils avaient rencontrée, et parce que les exilés n'ont pas la main heureuse.

Cette maison — qu'il est temps de réhabiliter un peu et de consoler, car qui sait si, dans son isolement, elle n'est pas triste de ce que nous venons d'en dire ? Un logis a une âme —, cette maison s'appelait Marine-Terrace. L'arrivée y fut lugubre, mais après tout, déclarons-le, le séjour y fut bon, et Marine-Terrace n'a laissé à ceux qui l'habitèrent alors que d'affectueux et chers souvenirs. Et ce que nous disons de cette maison, Marine-Terrace, nous le disons aussi de cette île, Jersey. Les lieux de souffrance et de l'épreuve finissent par avoir une sorte d'amère douceur, qui, plus tard, les fait regretter. Ils ont une hospitalité sévère qui plaît à la conscience.

William Shakespeare, I, I, I.

Décroître

Songer à décroître. Il n'est pas de pensée plus triste.

Être ruiné, cela semble simple. Coup violent ; brutalité du sort ; c'est la catastrophe une fois pour toutes. Soit. On l'accepte. Tout est fini. On est ruiné. C'est bon, on est mort. Point. On est vivant. Dès le lendemain, on s'en aperçoit. A quoi ? A des piqûres d'épingle. Tel passant ne vous salue plus ; les factures des marchands pleuvent ; voilà un de vos ennemis qui rit. Peut-être rit-il du dernier calembour d'Arnal, mais c'est égal, ce calembour ne lui semble si charmant que parce que vous êtes ruiné. Vous lisez votre amoindrissement même dans les regards indifférents ; les gens qui dînaient chez vous trouvent que c'était trop de trois plats à votre table ; vos défauts sautent aux yeux de tout le monde ; les ingratitudes, n'attendant plus rien, s'affichent ; tous les imbéciles ont prévu ce qui vous arrive ; les méchants vous déchirent, les pires vous plaignent. Et puis cent détails mesquins. La nausée succède aux larmes. Vous buviez du vin, vous boirez du cidre. Deux servantes ! C'est déjà trop d'une. Il faudra congédier et surcharger celle-là. Il y a trop de fleurs dans le jardin ; on plantera des pommes de terre. On donnait ses fruits à ses amis, on les fera vendre au marché. Quant aux pauvres, il n'y faut plus songer ; n'est-on pas un pauvre soi-même ? Les toilettes, question poignante. Retrancher un ruban à une femme, quel supplice ! A qui vous donne la beauté, refuser la parure ! Avoir l'air d'un avare ! Elle va peut-être vous dire : « Quoi, vous avez ôté les fleurs de mon jardin, et voilà que vous les ôtez de mon chapeau ! » Hélas ! la condamner aux robes fanées ! La table de famille est silencieuse. Vous vous figurez qu'autour de vous on vous en veut. Les visages aimés sont soucieux. Voilà ce que c'est que décroître. Il faut remourir tous les jours. Tomber, ce n'est rien, c'est la fournaise. Décroître, c'est le petit feu.

Les Travailleurs de la mer, III, I, I.

DÉCLARATION

Personne n'attendra de moi que j'accorde, en ce qui me concerne, un moment d'attention à la chose appelée amnistie.

Dans la situation où est la France, protestation absolue, inflexible, éternelle, voilà pour moi le devoir.

Fidèle à l'engagement que j'ai pris vis-à-vis de ma conscience, je partagerai jusqu'au bout l'exil de la liberté. Quand la liberté rentrera, je rentrerai.

Victor Hugo
Hauteville-House, 18 août 1859.

Chougna [62]

Le soir, je m'assieds, grave, au milieu de mes brutes,
Ainsi qu'un chancelier dans la Chambre des lords,
Et mon front a parfois un pli sévère. Alors,
Ma chienne, la Chougna, qui n'est pas une bête,
Approche, et sous mes mains fourre sa grosse tête,
Et sentant qu'un sermon va venir, se tient coi.
Et je lui prends l'oreille, et je lui dis : « Pourquoi
Te comportes-tu mal, Chougna, devant le monde ?
Pourquoi, quand nous sortons (il faut que je te
                                    [gronde)
Cours-tu, jappant, hurlant, à travers les buissons,
Après les jeunes chiens et les petits garçons ?
Pourquoi ne vois-tu pas un coq sans le poursuivre ?
Si bien que, moi, j'ai l'air d'avoir une chienne ivre !
Cela nous fait mal voir, les gens sont irrités ;
Je te connais beaucoup de bonnes qualités,
Mais, vraiment, quand tu sors, tu n'es pas
                                    [raisonnable ! »

La Dernière Gerbe.

Ultima verba

La conscience humaine est morte ; dans l'orgie,
Sur elle il s'accroupit ; ce cadavre lui plaît,
Par moments, gai, vainqueur, la prunelle rougie,
Il se retourne et donne à la morte un soufflet.

La prostitution du juge est la ressource.
Les prêtres font frémir l'honnête homme éperdu ;
Dans le champ du potier ils déterrent la bourse ;
Sibour revend le Dieu que Judas a vendu.

Ils disent : « César règne, et le Dieu des armées
L'a fait son élu. Peuple, obéis ! tu le dois. »
Pendant qu'ils vont chantant, tenant leurs mains fer-
                                        [mées,
On voit le sequin d'or qui passe entre leurs doigts.

Oh ! tant qu'on le verra trôner, ce gueux, ce prince,
Par le pape béni, monarque malandrin,
Dans une main le sceptre et dans l'autre la pince,
Charlemagne taillé par Satan dans Mandrin ;

Tant qu'il se vautrera, broyant dans ses mâchoires
Le serment, la vertu, l'honneur religieux ;
Ivre, affreux, vomissant sa honte sur nos gloires ;
Tant qu'on verra cela sous le soleil des cieux ;

Quand même grandirait l'abjection publique
A ce point d'adorer l'exécrable trompeur ;
Quand même l'Angleterre et même l'Amérique
Diraient à l'exilé : « Va-t-en ! nous avons peur ! »

Quand même nous serions comme la feuille morte,
Quand, pour plaire à César, on nous renierait tous ;
Quand le proscrit devrait s'enfuir de porte en porte,
Aux hommes déchiré comme un haillon aux clous,

Quand le désert, où Dieu contre l'homme proteste,
Bannirait les bannis, chasserait les chassés,
Quand même, infâme aussi, lâche comme le reste,
Le tombeau jetterait dehors les trépassés,

Je ne fléchirai pas ! Sans plainte dans la bouche,
Calme, le deuil au cœur, dédaignant le troupeau,
Je vous embrasserai dans mon exil farouche,
Patrie, ô mon autel ! liberté, mon drapeau !

Mes nobles compagnons, je garde votre culte ;
Bannis, la République est là qui nous unit.
J'attacherai la gloire à tout ce qu'on insulte ;
Je jetterai l'opprobre à tout ce qu'on bénit !

Je serai, sous le sac de cendre qui me couvre,
La voix qui dit : malheur ! la bouche qui dit : non !
Tandis que tes valets te montreront ton Louvre,
Moi, je te montrerai, César, ton cabanon.

Devant les trahisons et les têtes courbées,
Je croiserai les bras, indigné, mais serein.
Sombre fidélité pour les choses tombées,
Sois ma force et ma joie et mon pilier d'airain !

Oui, tant qu'il sera là, qu'on cède ou qu'on persiste,
Ô France ! France aimée et qu'on pleure toujours,
Je ne reverrai pas ta terre douce et triste,
Tombeau de mes aïeux et nid de mes amours !

Je ne reverrai pas ta rive qui nous tente,
France ! Hors le devoir, hélas ! j'oublierai tout.
Parmi les éprouvés je planterai ma tente :
Je resterai proscrit, voulant rester debout.

J'accepte l'âpre exil, n'eût-il ni fin ni terme,
Sans chercher à savoir et sans considérer
Si quelqu'un a plié qu'on aurait cru plus ferme,
Et si plusieurs s'en vont qui devraient demeurer.

Si l'on n'est plus que mille, eh bien, j'en suis ! Si même
Ils ne sont plus que cent, je brave encore Sylla ;
S'il en demeure dix, je serai le dixième ;
Et s'il n'en reste qu'un, je serai celui-là !

Les Châtiments. Jersey, 14 décembre 1852.

L'ombre [63]

L'ombre emplit la maison de ses souffles funèbres.
Il est nuit. Tout se tait. Les formes des ténèbres
Vont et viennent autour des endormis gisants.
Pendant que je deviens une chose, je sens
Les choses près de moi qui deviennent des êtres,
Mon mur est une face et voit ; mes deux fenêtres,
Blêmes sur le ciel gris, me regardent dormir.

(Demi-sommeil. Nuit du 26 au 27 mars 1854.)

Océan.

La mort [64]

Ma vie entre déjà dans l'ombre de la mort,
Et je commence à voir le grand côté des choses.
L'homme juste est plus beau, terrassé par le sort ;
Et les soleils couchants sont des apothéoses.

Brutus vaincu n'a rien dont s'étonne Caton ;
Morus voit Thraséas et se laisse proscrire ;
Socrate, qu'Anitus fait boire au Phlégéthon,
Mourant, n'empêche pas Jésus-Christ de sourire.

Le monde passe, ingrat, vain, stupide et moqueur.
Le blâme intérieur, Dieu juste, est le seul blâme.
Les caresses que fait la conscience au cœur
Font saigner notre chair et rayonner notre âme.

Apaisé, je médite au bord du gouffre amer ;
J'aime ce bruit sauvage où l'infini commence ;
La nuit, j'entends les flots, les vents, les cieux, la mer ;
Je songe, évanoui dans cette plaine immense.

Socrate est un voyant ; je ne suis qu'un témoin.
Je vais. J'ai laissé tout aux mains du sort rapace,
Et j'entends mes amis d'autrefois rire au loin
Pendant qu'à l'horizon, seul et pensif, je passe.

Ils disent, me voyant paraître tout à coup :
« Qu'est-ce donc que cette ombre au loin sur cette
                                              [grève ?

Regardez donc là-bas. Cela reste debout.
Est-ce un homme qui marche ? est-ce un spectre qui
[rêve ? »

C'est l'homme et c'est le spectre ! O mes anciens amis,
C'est un songeur tourné vers les profondeurs calmes,
Qui devant le tombeau priant pour être admis,
Rêve sous la nuée où frissonnent les palmes.

Sachez, amis de l'âge où l'on se comprenait,
Que, si je vous parlais, ce serait de vous-même.
Je suis l'être pensif que la douleur connaît ;
Mon soir mystérieux touche à l'aube suprême.

Vous qui tournez la tête et qui dites : « C'est bien ! »
Et qui vous remettez à rire à votre porte,
Ce que j'endure est peu, ce que je suis n'est rien,
Et ce n'est pas à moi que ma souffrance importe ;

Mais, quoi que vous fassiez et qui que vous soyez,
Quoi donc ! n'avez-vous rien au cœur qui vous
[déchire ?
N'avez-vous rien perdu de ceux que vous aimiez ?
Qui sait où sont les morts ? Comment pouvez-vous
[rire ?

Heureux les éprouvés ! voilà ce que je vois ;
Et je m'en vais, fantôme, habiter les décombres.
Les pêcheurs, dont j'entends sur les grèves la voix,
Regardent les flots croître, et moi grandir les ombres.

Je souris au désert ; je contemple et j'attends ;
J'emplis de paix mon cœur qui n'eut jamais d'envie ;
Je tâche, craignant Dieu, de m'éveiller à temps
Du rêve monstrueux qu'on appelle la vie.

La mort va m'emmener dans la sérénité ;
J'entends ses noirs chevaux qui viennent dans l'espace.
Je suis comme celui qui, s'étant trop hâté,
Attend sur le chemin que la voiture passe.

Ne plaignez pas l'élu qu'on nomme le proscrit.
Mon esprit, que le deuil et que l'aurore attirent,

Voit le jour par les trous des mains de Jésus-Christ.
Toute lumière sort ici-bas du martyre.

Je songe, ô vérité, de toi seul ébloui !
Ai-je des ennemis ? J'en ignore le nombre.
Tous les chers souvenirs, tout s'est évanoui.
Je sens monter en moi le vaste oubli de l'ombre.

Je ne sais même plus le nom de ceux qui m'ont
Fait mordre, moi rêveur, par le mensonge infâme.
J'aperçois les blancheurs de la cime du mont,
Et le bout de ton aile est déjà bleu, mon âme !

En dehors du combat pour la cause de tous,
Si j'ai frappé quelqu'un pour me venger moi-même,
Si j'ai laissé pleurant quelque être fier et doux,
Si   j'ai   dit :   « Haïssez »,   à   ceux   qui   disaient :
[« J'aime » ;

Dieu ! si j'ai fait saigner des cœurs dans le passé,
Que votre grande voix me courbe et m'avertisse !
Je demande pardon à ceux que j'offensai,
Voulant traîner ma peine et non mon injustice.

Je marche, à travers l'ombre et les torts expiés,
Dans la vie, aujourd'hui sans fleurs et jadis verte,
Morne plaine où déjà s'allongent à mes pieds
Les immenses rayons de la tombe entrouverte.

Les Quatre Vents de l'esprit. 13 septembre 1854.

Dolorosæ

Mère, voilà douze ans que notre fille est morte ;
Et depuis, moi le père et vous la femme forte,
Nous n'avons pas été, Dieu le sait, un seul jour
Sans parfumer son nom de prière et d'amour.
Nous avons pris la sombre et charmante habitude
De voir son ombre vivre en notre solitude,
De la sentir passer et de l'entendre errer,

Et nous sommes restés à genoux à pleurer.
Nous avons persisté dans cette douleur douce,
Et nous vivons penchés sur ce cher nid de mousse
Emporté dans l'orage avec les deux oiseaux.
Mère, nous n'avons pas plié, quoique roseaux,
Ni perdu la bonté vis-à-vis l'un de l'autre,
Ni demandé la fin de mon deuil et du vôtre
A cette lâcheté qu'on appelle l'oubli.
Oui, depuis ce jour triste où pour nous ont pâli
Les cieux, les champs, les fleurs, l'étoile, l'aube pure,
Et toutes les splendeurs de la sombre nature,
Avec les trois enfants qui nous restent, trésor
De courage et d'amour que Dieu nous laisse encore,
Nous avons essuyé des fortunes diverses,
Ce qu'on nomme malheur, adversité, traverses,
Sans trembler, sans fléchir, sans haïr les écueils,
Donnant aux deuils du cœur, à l'absence, aux cercueils,
Aux souffrances dont saigne ou l'âme ou la famille,
Aux êtres chers enfuis ou morts, à notre fille,
Aux vieux parents repris par un monde meilleur,
Nos pleurs, et le sourire à toute autre douleur.

Les Contemplations. 14 juillet 1855.

Chelles

J'aime Chelles et ses cressonnières,
Et le doux tic-tac des moulins
Et des cœurs autour des meunières ;
Quant aux blancs meuniers, je les plains.

Les meunières aussi sont blanches ;
C'est pourquoi je vais là souvent
Mêler ma rêverie aux branches
Des aulnes qui tremblent au vent.

J'ai l'air d'un pèlerin ; les filles
Me parlent, gardant leur troupeau ;
Je ris, j'ai parfois des coquilles
Avec des fleurs, sur mon chapeau.

Quand j'arrive avec mon caniche,
Chelles, bourg dévot et coquet,
Croit voir passer, fuyant leur niche,
Saint Roch, et son chien saint Roquet.

Ces effets de ma silhouette
M'occupent peu ; je vais marchant,
Tâchant de prendre à l'alouette
Une ou deux strophes de son chant.

J'admire les papillons frêles
Dans les ronces du vieux castel ;
Je ne touche point à leurs ailes.
Un papillon est un pastel.

Je suis un fou qui semble un sage,
J'emplis, assis dans le printemps,
Du grand trouble du paysage
Mes yeux vaguement éclatants.

Ô belle meunière de Chelles,
Le songeur te guette effaré
Quand tu montes à tes échelles,
Sûre de ton bas bien tiré.

Les Chansons des rues et des bois. 17 août 1859.

La vertu de sobriété

« Il est réservé et discret. Vous êtes tranquille avec lui ;
il n'abuse de rien. Il a, par-dessus tout, une qualité
bien rare, il est sobre. »

Qu'est-ce que cela ? Une recommandation pour un
domestique ? Non. C'est un éloge pour un écrivain.
Une certaine école, dite « sérieuse », a arboré de nos
jours ce programme de poésie : sobriété. Il semble que
toute la question soit de préserver la littérature des
indigestions. Autrefois, on disait : fécondité et puissance ; aujourd'hui l'on dit : tisane. Vous voici dans le
resplendissant jardin des muses où s'épanouissent en
tumulte et en foule, à toutes les branches, ces divines
éclosions de l'esprit que les Grecs appelaient tropes,
partout l'image-idée, partout les fruits, les figures, les

pommes d'or, les parfums, les couleurs, les rayons, les strophes, les merveilles ; ne touchez à rien, soyez discret. C'est à ne rien cueillir là que se reconnaît le poète. Soyez de la société de tempérance. Un bon livre de critique est un traité sur les dangers de la boisson. Voulez-vous faire *l'Iliade,* mettez-vous à la diète. Ah ! tu as beau écarquiller les yeux, vieux Rabelais !

Le lyrisme est capiteux, le beau grise, le grand porte à la tête, l'idéal donne des éblouissements, qui en sort ne sait plus ce qu'il fait ; quand vous avez marché sur les astres, vous êtes capable de refuser une sous-préfecture ; vous n'êtes plus dans votre bon sens ; on vous offrirait une place au sénat de Domitien que vous n'en voudriez pas ; vous ne rendez plus à César ce qu'on doit à César ; vous êtes à ce point d'égarement de ne pas même saluer le seigneur Incitatus, consul et cheval. voilà où vous en arrivez pour avoir bu dans ce mauvais lieu, l'empyrée. Vous devenez fier, ambitieux, désintéressé. Sur ce, soyez sobre. Défense de hanter le cabaret du sublime.

La liberté est un libertinage. Se borner est bien, se châtrer est mieux.

Passez votre vie à vous retenir.

Sobriété, décence, respect de l'autorité, toilette irréprochable. Pas de poésie que tirée à quatre épingles. Une savane qui ne se peigne point, un lion qui ne fait pas ses ongles, un torrent pas tamisé, le nombril de la mer qui se laisse voir, la nuée qui se retrousse jusqu'à montrer Aldebaran, c'est choquant. En anglais *shocking.* La vague écume sur l'écueil, la cataracte vomit dans le gouffre, Juvénal crache sur le tyran. Fi donc !

Nous aimons mieux pas assez que trop. Point d'exagération. Désormais le rosier sera tenu de compter ses roses. La prairie sera invitée à moins de pâquerettes. Ordre au printemps de se modérer. Les nids tombent dans l'excès, dites donc, bocages, pas tant de fauvettes, s'il vous plaît ! La voie lactée voudra bien numéroter ses étoiles. Il y en a beaucoup.

Modelez-vous sur le grand cierge serpentaire du Jardin des plantes, qui ne fleurit que tous les cinquante ans. Voilà une fleur recommandable.

Un vrai critique de l'école sobre, c'est ce concierge du jardin qui, à cette question : « Avez-vous des rossignols dans vos arbres ? » répondait « *Ah ! ne m'en parler pas, pendant tout le mois de mai, ces vilaines bêtes ne font que gueuler !* »

M. Suard donnait à Marie-Joseph Chénier ce certificat : « Son style a ce grand mérite de ne pas contenir de comparaisons. » Nous avons vu de nos jours cet éloge singulier se reproduire. Cela nous rappelle qu'un fort professeur de la Restauration, indigné des comparaisons et des figures qui abondent dans les prophètes, écrasait Isaïe, Daniel et Jérémie sous cet apophtegme profond : « Toute la Bible est dans *comme*. » Un autre, plus professeur encore, disait ce mot, resté célèbre à l'école normale : « *Je rejette Juvénal au fumier romantique.* » Quel était le crime de Juvénal ? Le même que le crime d'Isaïe. Exprimer volontiers l'idée par l'image. En reviendrons-nous peu à peu, dans les régions doctes, à la métonymie terme de chimie, et à l'opinion de Pradon sur la métaphore ?

On dirait, aux réclamations et clameurs de l'école doctrinaire, que c'est elle qui est chargée de fournir, à ses frais, à toute la consommation d'images et de figures que peuvent faire les poètes, et qu'elle se sent ruinée par des gaspilleurs comme Pindare, Aristophane, Ézéchiel, Plaute et Cervantes. Cette école met sous clef les passions, les sentiments, le cœur humain, la réalité, l'idéal, la vie. Effarée, elle regarde les génies en cachant tout, et elle dit : « Quels goinfres ! » Aussi est-ce elle qui a inventé pour les écrivains cet éloge superlatif : il est tempéré.

Sur tous ces points, la critique sacristaine fraternise avec la critique doctrinaire. De prude à dévote, on s'entraide.

Un curieux genre pudibond tend à prévaloir ; nous rougissons de la façon grossière dont les grenadiers se font tuer ; la rhétorique a pour les héros des feuilles de vigne qu'on appelle périphrases ; il est convenu que le bivouac parle comme le couvent ; les propos de corps de garde sont une calomnie ; un vétéran baisse les yeux au souvenir de Waterloo ; on donne la croix d'honneur à ces yeux baissés ; de certains mots qui sont dans l'histoire n'ont pas droit à l'histoire, et il est bien entendu, par exemple, que le gendarme qui tira un coup de pistolet sur Robespierre à l'Hôtel de Ville se nommait *La-garde-meurt-et-ne-se-rend-pas.*

De l'effort combiné des deux critiques gardiennes de la tranquillité publique, il résulte une réaction salutaire. Cette réaction a déjà produit quelques spécimens de poètes rangés, bien élevés, qui sont sages, dont le style est toujours rentré de bonne heure, qui ne font pas d'orgie avec toutes ces folles, les idées, qu'on ne rencontre jamais au coin d'un bois, *solus cum sola,* avec la rêverie, cette bohémienne, qui sont incapables d'avoir des relations avec l'imagination, vagabonde dangereuse, ni avec la bacchante inspiration, ni avec la lorette fantaisie, qui de leur vie n'ont donné un baiser à cette va-nu-pieds, la muse, qui ne découchent pas, et dont leur portier, Nicolas Boileau, est content. Si Polymnie passe, les cheveux un peu flottants, quel scandale ! Vite, ils appellent un coiffeur. M. de La Harpe accourt. Ces deux critiques sœurs, la doctrinaire et la sacristaine, font des éducations. On dresse les écrivains petits. On prend en sevrage. Pensionnat de jeunes renommées.

De là une consigne, une littérature, un art. A droite, alignement. Il s'agit de sauver la société dans la littérature comme dans la politique. Chacun sait que la poésie est une chose frivole, insignifiante, puérilement occupée de chercher des rimes, stérile, vaine ; par conséquent rien n'est plus redoutable. Il importe de bien attacher les penseurs : A la niche ! c'est si dangereux ! Qu'est-ce qu'un poète ? S'il s'agit de l'honorer, rien ; s'il s'agit de le persécuter, tout.

Cette race qui écrit veut être réprimée. Recourir au bras séculier est utile. Les moyens varient. De temps à autre un bon bannissement est expédient. Les exils des écrivains commencent à Eschyle et ne finissent pas à Voltaire. Chaque siècle a son anneau de cette chaîne. Mais pour exiler, bannir et proscrire, il faut au moins des prétextes. Cela ne peut s'appliquer à tous les cas. C'est peu maniable ; il importe d'avoir une arme moins grosse pour la petite guerre de tous les jours. Une critique d'État, dûment assermentée et accréditée, peut rendre des services. Organiser la persécution des écrivains par les écrivains n'est pas une chose mauvaise. Faire traquer la plume par la plume est ingénieux. Pourquoi n'aurait-on pas des sergents de ville littéraires ?

Le bon goût est une précaution prise par le bon ordre. Les écrivains sobres sont le pendant des électeurs sages. L'inspiration est suspecte de liberté ; la poésie est un peu extra-légale. Il y a donc un art officiel, fils de la critique officielle.

Toute une rhétorique spéciale découle de ces prémisses. La nature n'a dans cet art-là qu'une entrée restreinte. Elle passe par la petite porte. La nature est entachée de démagogie. Les éléments sont supprimés comme de mauvaise compagnie et faisant trop de vacarme. L'équinoxe commet des bris de clôture ; la rafale est un tapage nocturne. L'autre jour, à l'École des beaux-arts, un élève peintre ayant fait soulever par le vent dans une tempête les plis d'un manteau, un professeur local, choqué de ce soulèvement, a dit : « *Il n'y a pas de vent dans le style.* »

Au surplus la réaction ne désespère point. Nous marchons. Quelques progrès partiels s'accomplissent. On commence à être un peu reçu à l'Académie sur billets de confession...

William Shakespeare, II, I, IV.

L'histoire courtisane

Jusqu'à l'époque où nous sommes, l'histoire a fait sa cour.

La double identification du roi avec la nation et du roi avec Dieu, c'est là le travail de l'histoire courtisane. La grâce de Dieu procrée le droit divin. Louis XIV dit : *L'État, c'est moi.* Madame Du Barry, plagiaire de Louis XIV, appelle Louis XV *la France*, et le mot pompeusement hautain du grand roi asiatique de Versailles aboutit à : *La France, ton café f... le camp.*

Bossuet écrit sans sourciller, tout en palliant les faits çà et là, la légende effroyable de ces vieux trônes antiques couverts de crimes, et, appliquant à la surface des choses sa vague déclamation théocratique, il se satisfait par cette formule : *Dieu tient dans sa main le cœur des rois.* Cela n'est pas, pour deux raisons : Dieu n'a pas de main, et les rois n'ont pas de cœur.

Nous ne parlons, cela va sans dire, que des rois d'Assyrie.

L'histoire, cette vieille histoire-là, est bonne personne pour les princes. Elle ferme les yeux quand une altesse lui dit : « Histoire, ne regarde pas. » Elle a, imperturbablement, avec un front de fille publique, nié l'affreux casque brise-crâne à pointe intérieure destiné par l'archiduc d'Autriche à l'avoyer Gundeldingen ; aujourd'hui, cet engin est pendu à un clou dans l'hôtel de ville de Lucerne. Tout le monde peut l'aller voir ; l'histoire le nie encore. Moréri appelle la Saint-Barthélemy un « désordre ». Chaudon, autre biographe, caractérise ainsi l'auteur du mot à Louis XV cité plus haut : « Une dame de la cour, madame Du Barry. » L'histoire accepte pour attaque d'apoplexie le matelas sous lequel Jean II d'Angleterre étouffe à Calais le duc de Gloucester. Pourquoi à l'Escurial, dans sa bière, la tête de l'infant don Carlos est-elle séparée du tronc ? Philippe II, le père, répond : « C'est que, l'infant étant mort de sa belle mort, le cercueil préparé ne s'est point trouvé assez long, et l'on a dû couper la tête. » L'histoire croit avec douceur à ce cercueil trop petit. Mais que le père ait fait décapiter son fils, fi donc ! Il n'y a que les démagogues pour dire de ces choses-là.

La naïveté de l'histoire glorifiant le fait, quel qu'il soit, et si impie qu'il soit, n'éclate nulle part mieux que dans Cantemir et Karamsin, l'un l'historien turc, l'autre l'historien russe. Le fait ottoman et le fait moscovite offrent, lorsqu'on les confronte et qu'on les compare, l'identité tartare. Moscou n'est pas moins sinistrement asiatique que Stamboul. Ivan est sur l'une comme Mustapha sur l'autre. La nuance est imperceptible entre ce christianisme et ce mahométisme. Le pope est frère de l'uléma, le boyard du pacha, le knout du cordon, et le moujik du muet. Il y a, pour les passants des rues, peu de différence entre Sélim qui les perce de flèches et Basile qui lâche sur eux des ours. Cantemir, homme du midi, ancien hospodar moldave, longtemps sujet turc, sent, quoique passé aux Russes, qu'il ne déplaît point au tsar Pierre en défiant le despotisme, et il prosterne ses métaphores devant les sultans ; ce plat ventre est oriental, et quelque peu occidental aussi. Les sultans sont divins ; leur cimeterre est sacré, leur poignard est sublime, leurs exterminations sont magnanimes, leurs parricides sont bons. Ils se nomment cléments comme les furies se nomment euménides. Le sang qu'ils versent fume dans Cantemir avec une odeur d'encens, et le vaste assassinat qui est leur règne s'épanouit en gloire. Ils massacrent le peuple dans l'intérêt public. Quand je ne sais plus quel padischah, Tigre IV ou Tigre VI, fait étrangler l'un après l'autre ses dix-neuf petits frères courant effarés autour de la chambre, l'historien né turc déclare que « c'était là exécuter sagement la loi de l'empire ». L'historien russe Karamsin n'est pas moins tendre au tsar que Cantemir au sultan. Pourtant, disons-le, près de Cantemir la ferveur de Karamsin est tiédeur. Ainsi Pierre, tuant son fils Alexis, est glorifié par Karamsin, mais du ton dont on excuse. Ce n'est point l'acceptation pure et simple de Cantemir. Cantemir est mieux agenouillé. L'historien russe admire seulement, tandis que l'historien turc adore. Nulle flamme dans Karamsin, point de verve, un enthousiasme engourdi, des apothéoses grisâtres, une bonne volonté frappée de congélation, des caresses qui ont l'onglée. C'est mal flatté. Évidemment le climat y est pour quelque chose. Karamsin est un Cantemir qui a froid.

Ainsi est faite l'histoire jusqu'à ce jour dominante ; elle va de Bossuet à Karamsin en passant par l'abbé Pluche. Cette histoire a pour principe l'obéissance. A qui doit-on l'obéissance ? Au succès. Les héros sont bien traités, mais les rois sont préférés. Régner, c'est réussir chaque matin. Un roi a le lendemain. Il est solvable. Un héros peut mal finir, cela s'est vu. Alors ce n'est plus qu'un usurpateur. Devant cette histoire, le génie lui-même, fût-il la plus haute expression de la force servie par l'intelligence, est tenu au succès continu. S'il bronche, le ridicule ; s'il tombe, l'insulte. Après Marengo, vous êtes héros de l'Europe, homme providentiel, oint du seigneur ; après Austerlitz, Napoléon-le-Grand ; après Waterloo, ogre de Corse. Le pape a oint un ogre.

Pourtant, impartial, et en considération des services rendus, Loriquet vous fait marquis.

L'homme de nos jours qui a le mieux exécuté cette gamme surprenante de « Héros de l'Europe » à « Ogre de Corse », c'est Fontanes, choisi pendant tant d'années pour cultiver, développer et diriger le sens moral de la jeunesse.

La légitimité, le droit divin, la négation du suffrage universel, le trône fief, les peuples majorats dérivent de cette histoire. Le bourreau en est. Joseph de Maistre l'ajoute, divinement, au roi. En Angleterre, ce genre d'histoire s'appelle l'histoire « loyale ». L'aristocratie anglaise, qui a parfois de ces bonnes idées-là, a imaginé de donner à une opinion politique le nom d'une vertu. *Instrumentum regni.* En Angleterre, être royaliste, c'est être loyal. Un démocrate est déloyal. C'est une variété du malhonnête homme. Cet homme croit au peuple, *shame !* Il voudrait le vote universel, c'est un chartiste ;

Le Char de la monarchie, dessin de Victor Hugo.

êtes-vous sûr de sa probité ? Voici un républicain qui passe, prenez garde à vos poches. Cela est ingénieux. Tout le monde a plus d'esprit que Voltaire ; l'aristocratie anglaise a plus d'esprit que Machiavel.

Le roi paie, le peuple ne paie point. Voilà à peu près tout le secret de ce genre d'histoire. Elle a, elle aussi, son tarif d'indulgences.

Honneur et profit se partagent ; l'honneur au maître, le profit à l'historien : Procope est préfet, et, qui plus est, et par décret, illustre (cela ne l'empêche pas de trahir) ; Bossuet est évêque, Fleury est prieur prélat d'Argenteuil, Karamsin est sénateur, Cantemir est prince. L'admirable, c'est d'être payé successivement par Pour et par Contre, et, comme Fontanes, d'être fait sénateur par l'idolâtrie et pair de France par le crachat sur l'idole.

Que se passe-t-il au Louvre ? Que se passe-t-il au Vatican ? Que se passe-t-il au sérail ? Que se passe-t-il au Buen Retiro ? Que se passe-t-il à Windsor ? Que se passe-t-il à Schönbrunn ? Que se passe-t-il à Potsdam ? Que se passe-t-il au Kremlin ? Que se passe-t-il à Oranienbaum ? Pas d'autre question. Il n'y a rien d'intéressant pour le genre humain hors de ces dix ou douze maisons, dont l'histoire est la portière.

Rien n'est petit de la guerre, du guerrier, du prince, du trône, de la cour. Qui n'est pas né doué de puérilité grave ne saurait être historien. Une question d'étiquette, une chasse, un gala, un grand lever, un cortège, le triomphe de Maximilien, la quantité de carrosses qu'avaient les dames suivant le roi au camp devant Mons, la nécessité d'avoir des vices conformes aux défauts de sa majesté, les horloges de Charles Quint, les serrures de Louis XVI, le bouillon refusé par Louis XV à son sacre, annonce d'un bon roi ; et comme quoi le prince de Galles siège à la Chambre des lords, non en qualité de prince de Galles, mais en qualité de duc de Cornouailles ; et comme quoi Auguste l'ivrogne a nommé sous-échanson de la couronne le prince Lubomirski, qui est staroste de Kasimirow ; et comme quoi Charles d'Espagne a donné le commandement de l'armée de Catalogne à Pimentel, parce que les Pimentel ont la grandesse de Benavente depuis 1308 ; et comme quoi Frédéric de Brandebourg a octroyé un fief de quarante mille écus à un piqueur qui lui a fait tuer un beau cerf ; et comme quoi Louis Antoine, grand-maître de l'ordre teutonique et prince palatin, mourut à Liège du déplaisir de n'avoir pu s'en faire élire évêque ; et comme quoi la princesse Borghèse, douairière de la Mirandole et de maison papale, épousa le prince de Cellamare, fils du duc de Giovenazzo ; et comme quoi milord Seaton, qui est Montgomery, a suivi Jacques II en France ; et comme quoi l'empereur a ordonné au duc de Mantoue, qui est feudataire de l'empire, de chasser de sa cour le marquis Amorati ; et comme quoi il y a toujours deux cardinaux Barberins vivants ; etc., tout cela est grosse affaire. Un nez retroussé est historique. Deux petits prés contigus à la vieille Marche et au duché de Zell, ayant quasi brouillé l'Angleterre et la Prusse, sont mémorables. Et en effet l'habileté des gouvernants et l'apathie des obéissants ont arrangé et emmêlé les choses de telle sorte que toutes ces formes du néant princier tiennent de la place dans la destinée humaine, et que la paix et la guerre, la mise en marche des armées et des flottes, le recul ou le progrès de la civilisation, dépendent de la tasse de thé de la reine Anne ou du chasse-mouches du dey d'Alger.

L'histoire marche derrière ces niaiseries, les enregistrant...

Qu'un homme ait « taillé en pièces » les hommes, qu'il les ait « passés au fil de l'épée », qu'il leur ait « fait mordre la poussière » (horribles locutions devenues hideusement banales), cherchez dans l'histoire le nom de cet homme, quel qu'il soit, vous l'y trouverez. Cherchez-y le nom de l'homme qui a inventé la boussole, vous ne l'y trouverez pas.

En 1747, en plein XVIIIe siècle, sous le regard même des philosophes, les batailles de Raucoux et de Lawfeld, le siège de Sas-de-Gand et la prise de Berg-op-Zoom éclipsent et effacent cette découverte sublime qui aujourd'hui est en train de modifier le monde, l'électricité.

Voltaire lui-même, aux environs de cette année-là,

célèbre éperdument on ne sait quel exploit de Trajan (lisez Louis XV).

Une certaine bêtise publique se dégage de cette histoire. Cette histoire est superposée presque partout à l'éducation. Si vous en doutez, voyez, entre autres, les publications de la librairie Périsse frères, destinées par leur rédaction, dit une parenthèse, aux écoles primaires.

Un prince qui se donne un nom d'animal, cela nous fait rire. Nous raillons l'empereur de la Chine qui se fait appeler *Sa Majesté le Dragon,* et nous disons avec calme *Monseigneur le Dauphin.*

Domesticité. L'historien n'est plus que le maître des cérémonies des siècles. Dans la cour modèle de Louis le Grand, il y a quatre historiens comme il y a les quatre violons de la chambre. Lulli mène les uns, Boileau les autres.

Dans ce vieux monde d'histoire, le seul autorisé jusqu'en 1789, et classique dans toute l'acception du mot, les meilleurs narrateurs, même les honnêtes, il y en a peu, même ceux qui se croient libres, restent machinalement en discipline, remmaillent la tradition à la tradition, subissent l'habitude prise, reçoivent le mot d'ordre dans l'antichambre, acceptent, pêle-mêle avec la foule, la divinité bête des grossiers personnages du premier plan, rois, « potentats », « pontifes », soldats, achèvent, tout en se croyant historiens, d'user les livrées des historiographes, et sont laquais sans le savoir.

Cette histoire-là, on l'enseigne, on l'impose, on la commande et on la recommande, toutes les jeunes intelligences en sont plus ou moins infiltrées ; la marque leur en reste, leur pensée en souffre et ne s'en relève que difficilement, on la fait apprendre par cœur aux écoliers, et moi qui parle, enfant, j'ai été sa victime...

Il est temps que cela change.

William Shakespeare, III, III, III.

Mess Lethierry

Mess Lethierry avait le cœur sur la main ; une large main et un grand cœur. Son défaut, c'était cette admirable qualité, la confiance. Il avait une façon à lui de prendre un engagement ; c'était solennel ; il disait : « *J'en donne ma parole d'honneur au Bon Dieu.* » Cela dit, il allait jusqu'au bout. Il croyait au Bon Dieu, pas au reste. Le peu qu'il allait aux églises était politesse. En mer, il était superstitieux.

Pourtant jamais un gros temps ne l'avait fait reculer ; cela tenait à ce qu'il était peu accessible à la contradiction. Il ne la tolérait pas plus de l'océan que d'un autre. Il entendait être obéi ; tant pis pour la mer si elle résistait ; il fallait qu'elle en prît son parti. Mess Lethierry ne cédait point. Une vague qui se cabre, pas plus qu'un voisin qui dispute, ne réussissait à l'arrêter. Ce qu'il disait était dit, ce qu'il projetait était fait. Il ne se courbait ni devant une objection, ni devant une tempête. *Non,* pour lui, n'existait pas ; ni dans la bouche d'un homme ni dans le grondement d'un nuage. Il passait outre. Il ne permettait point qu'on le refusât. De là son entêtement dans la vie et son intrépidité sur l'océan.

Il assaisonnait volontiers lui-même sa soupe au poisson, sachant la dose de poivre et de sel et les herbes qu'il fallait, et se régalait autant de la faire que de la manger. Un être qu'un suroît transfigure et qu'une redingote abrutit, qui ressemble, les cheveux au vent, à Jean Bart, et, en chapeau rond, à Jocrisse, gauche à la ville, étranger et redoutable à la mer, un dos de portefaix, point de jurons, très rarement de la colère, un petit accent très doux qui devient tonnerre dans un porte-voix, un paysan qui a lu *L'Encyclopédie,* un Guernesiais qui a vu la Révolution, un ignorant très savant, aucune bigoterie, mais toutes sortes de visions, plus de foi à la Dame blanche qu'à la Sainte Vierge, la forme de Polyphème, la logique de la girouette, la volonté de Christophe Colomb, quelque chose d'un taureau et quelque chose d'un enfant, un nez presque camard, des joues puissantes, une bouche qui a toutes ses dents, un froncement partout sur la figure, une face

Le Bateau-Vision, dessin de Victor Hugo.

qui semble avoir été tripotée par la vague et sur laquelle la rose des vents a tourné pendant quarante ans, un air d'orage sur le front, une carnation de roche en pleine mer ; maintenant mettez dans ce visage dur un regard bon, vous aurez Mess Lethierry.

Les Travailleurs de la mer, I, II, IV.

La prière

La prière, énorme force propre à l'âme et de même espèce que le mystère. La prière s'adresse à la magnanimité des ténèbres ; la prière regarde le mystère avec les yeux mêmes de l'ombre, et, devant la fixité puissante de ce regard suppliant, on sent un désarmement possible de l'Inconnu.

Les Travailleurs de la mer, III, I, I.

Lord Clancharlie

Le baron Linnaeus Clancharlie, contemporain de Cromwell, était un des pairs d'Angleterre, peu nombreux, hâtons-nous de le dire, qui avaient accepté la république. Cette acceptation pouvait avoir sa raison d'être, et s'explique à la rigueur, puisque la république avait momentanément triomphé. Il était tout simple que lord Clancharlie demeurât du parti de la république, tant que la république avait eu le dessus. Mais après la clôture de la révolution et la chute du gouvernement parlementaire, lord Clancharlie avait persisté. Il était aisé au noble patricien de rentrer dans la chambre haute reconstituée, les repentirs étant toujours bien reçus des restaurations, et Charles II étant bon prince à ceux qui revenaient à lui ; mais lord Clancharlie n'avait pas compris ce qu'on doit aux événements. Pendant que la nation couvrait d'acclamations le roi, reprenant possession de l'Angleterre, pendant que l'unanimité prononçait son verdict, pendant que s'accomplissait la salutation du peuple à la monarchie, pendant que la dynastie se relevait au milieu d'une palinodie glorieuse et triomphale, à l'instant où le passé devenait l'avenir et où l'avenir devenait le passé, ce lord était resté réfractaire. Il avait détourné la tête de toute cette allégresse ; il s'était volontairement exilé ; pouvant être pair, il avait mieux aimé être proscrit ; et les années s'étaient écoulées ainsi ; il avait vieilli dans cette fidélité à la république morte. Aussi était-il couvert du ridicule qui s'attache naturellement à cette sorte d'enfantillage.

Il s'était retiré en Suisse. Il habitait une espèce de haute masure au bord du lac de Genève. Il s'était choisi cette demeure dans le plus âpre recoin du lac, entre Chillon où est le cachot de Bonivard, et Vevey où est le tombeau de Ludlow. Les Alpes sévères, pleines de crépuscules, de souffles et de nuées, l'enveloppaient ; et il vivait là, perdu dans ces grandes ténèbres qui tombent des montagnes. Il était rare qu'un passant le rencontrât. Cet homme était hors de son pays, presque hors de son siècle. En ce moment, pour ceux qui étaient au courant et qui connaissaient les affaires du temps, aucune résistance aux conjonctures n'était justifiable. L'Angleterre était heureuse, une restauration est une réconciliation d'époux ; prince et nation ont cessé de faire lit à part ; rien de plus gracieux et de plus riant ; la Grande-Bretagne rayonnait ; avoir un roi, c'est beaucoup, mais de plus on avait un charmant roi ; Charles II était aimable, homme de plaisir et de gouvernement, et grand à la suite de Louis XIV ; c'était un gentleman et un gentilhomme ; Charles II était admiré de ses sujets ; il avait fait la guerre de Hanovre, sachant certainement pourquoi, mais le sachant tout seul ; il avait vendu Dunkerque à la France, opération de haute politique ; les pairs démocrates (desquels Chamberlayne a dit : « La maudite république infecta avec son haleine puante plusieurs de la haute noblesse ») avaient eu le bon sens de se rendre à l'évidence, d'être de leur époque, et de reprendre leur siège à la noble chambre ; il leur avait suffi pour cela de prêter au roi le serment d'allégeance. Quand on songeait à toutes ces réalités, à ce beau règne, à cet excellent roi, à ces augustes princes rendus par la miséricorde divine à l'amour des peuples ; quand on se disait que des personnages considérables, tels que Monk, et plus tard Jeffreys, s'étaient ralliés au trône, qu'ils avaient été justement récompensés de leur loyauté et de leur zèle par les plus magnifiques charges et par les fonctions les plus lucratives, que lord Clancharlie ne pouvait l'ignorer, qu'il n'eût tenu qu'à lui d'être glorieusement assis à côté d'eux dans les honneurs, que l'Angleterre était remontée, grâce à son roi, au sommet de la prospérité, que Londres n'était que fêtes et carrousels, que tout le monde était opulent et enthousiasmé, que la cour était galante, gaie et superbe, si, par hasard, loin de ces splendeurs, dans on ne sait quel demi-jour lugubre ressemblant à la tombée de la nuit, on apercevait ce vieillard vêtu des mêmes habits que le peuple, pâle, distrait, courbé, probablement du côté de la tombe, debout au bord du lac, à peine attentif à la tempête et à l'hiver, marchant comme au hasard, l'œil fixe, ses cheveux blancs secoués par le vent de l'ombre, silencieux, solitaire, pensif, il était difficile de ne pas sourire.

Sorte de silhouette d'un fou.

En songeant à lord Clancharlie, à ce qu'il aurait pu être et à ce qu'il était, sourire était de l'indulgence. Quelques-uns riaient tout haut. D'autres s'indignaient.

On comprend que les hommes sérieux fussent choqués par une telle insolence d'isolement.

Circonstance atténuante : lord Clancharlie n'avait jamais eu d'esprit. Tout le monde en tombait d'accord.

Il est désagréable de voir les gens pratiquer l'obstination. On n'aime pas ces façons de Regulus, et dans l'opinion publique quelque ironie en résulte.

Ces opiniâtretés ressemblent à des reproches, et l'on a raison d'en rire.

Et puis, en somme, ces entêtements, ces escarpements, sont-ce des vertus ? N'y a-t-il pas, dans ces affiches excessives d'abnégation et d'honneur, beaucoup d'ostentation ? C'est plutôt parade qu'autre chose. Pourquoi ces exagérations de solitude et d'exil ? Ne rien outrer est la maxime du sage. Faites de l'opposition, soit ; blâmez si vous voulez, mais décemment, et tout en criant Vive le roi ! La vraie vertu, c'est d'être raisonnable. Ce qui tombe a dû tomber, ce qui réussit a dû réussir. La providence a ses motifs ; elle couronne qui le mérite. Avez-vous la prétention de vous y connaître mieux qu'elle ? Quand les circonstances ont prononcé, quand un régime a remplacé l'autre, quand la défalcation du vrai et du faux s'est faite par le succès, ici la catastrophe, là le triomphe, aucun doute n'est plus possible, l'honnête homme se rallie à ce qui a prévalu, et, quoique cela soit utile à sa fortune et à sa famille, sans se laisser influencer par cette considération, et ne songeant qu'à la chose publique, il prête main forte au vainqueur.

Que deviendrait l'État si personne ne consentait à servir ? Tout s'arrêterait donc ? Garder sa place est d'un bon citoyen. Sachez sacrifier vos préférences secrètes. Les emplois veulent être tenus. Il faut bien que quelqu'un se dévoue. Être fidèle aux fonctions publiques est une fidélité. La retraite des fonctionnaires serait la paralysie de l'État. Vous vous bannissez, c'est pitoyable. Est-ce un exemple ? Quelle vanité ! Est-ce un défi ? quelle audace ! Quel personnage vous croyez-vous donc ? Apprenez que nous vous valons. Nous ne désertons pas, nous. Si nous voulions, nous aussi, nous serions intraitables et indomptables, et nous ferions de pires choses que vous. Mais nous aimons mieux être des gens intelligents. Parce que je suis Trimalcion, vous ne me croyez pas capable d'être Caton ! Allons donc ! [...]

Jamais situation ne fut plus nette et plus décisive que celle de 1660. Jamais la conduite à tenir n'avait été plus clairement indiquée à un bon esprit.

L'Angleterre était hors de Cromwell. Sous la république beaucoup de faits irréguliers s'étaient produits. On avait créé la suprématie britannique ; on avait, avec l'aide de la guerre de Trente Ans, dominé l'Allemagne, avec l'aide de la Fronde, abaissé la France, avec l'aide du duc de Bragance, amoindri l'Espagne. Cromwell avait domestiqué Mazarin ; dans les traités, le protecteur d'Angleterre signait au-dessus du roi de France ; on avait mis les provinces unies à l'amende de huit millions, molesté Alger et Tunis, conquis la Jamaïque, humilié Lisbonne, suscité dans Barcelone la rivalité française, et dans Naples, Masaniello ; on avait amarré le Portugal à l'Angleterre ; on avait fait, de Gibraltar à Candie, un balayage des barbaresques ; on avait fondé la domination maritime sous ces deux formes, la victoire et le commerce ; le 10 août 1653, l'homme des trente-trois batailles gagnées, le vieil amiral qui se qualifiait *Grand-père des matelots,* ce Martin Happertz Tromp, qui avait battu la flotte espagnole, avait été détruit par la flotte anglaise ; on avait retiré l'Atlantique à la marine espagnole, le Pacifique à la marine hollandaise, la Méditerranée à la marine vénitienne, et, par l'acte de navigation, on avait pris possession du littoral universel ; par l'océan on tenait le monde ; le pavillon hollandais saluait humblement en mer le pavillon britannique ; la France, dans la personne de l'Ambassadeur Mancini, faisait des génuflexions à Olivier Cromwell ; ce Cromwell jouait de Calais et de Dunkerque comme de deux volants sur une raquette ; on avait fait trembler le continent, dicté la paix, décrété la guerre, mis sur tous les faîtes le drapeau anglais ; le seul régiment des côtes-de-fer du protecteur pesait dans la terreur de l'Europe autant qu'une armée ; Cromwell disait : « *Je veux qu'on respecte la république anglaise comme on a respecté la république romaine* » ; il n'y avait plus rien de sacré ; la parole était libre, la presse était libre ; on disait en pleine rue ce qu'on voulait ; on imprimait sans contrôle ni censure ce qu'on voulait ; l'équilibre des trônes avait été rompu ; tout l'ordre monarchique européen, dont les Stuarts faisaient partie, avait été bouleversé. Enfin, on était sorti de cet odieux régime, et l'Angleterre avait son pardon.

Charles II, indulgent, avait donné la déclaration de Bréda. Il avait octroyé à l'Angleterre l'oubli de cette époque où le fils d'un brasseur de Huntingdon mettait le pied sur la tête de Louis XVI. L'Angleterre faisait son *mea culpa*, et respirait. L'épanouissement des cœurs, nous venons de le dire, était complet ; les gibets des régicides s'ajoutant à la joie universelle. Une restauration est un sourire ; mais un peu de potence ne messied pas, et il faut satisfaire la conscience publique. L'esprit d'indiscipline s'était dissipé, la loyauté se reconstituait. Être de bons sujets était désormais l'ambition unique. On était revenu des folies de la politique ; on bafouait la révolution, on raillait la république, et ces temps singuliers où l'on avait toujours de grands mots à la bouche, *Droit, Liberté, Progrès* ; on riait de ces emphases. Le retour au bon sens était admirable, l'Angleterre avait rêvé. Quel bonheur d'être hors de ces égarements ! Y a-t-il rien de plus insensé ? Où en serait-on si le premier venu avait des droits ? Se figure-t-on tout le monde gouvernant ? S'imagine-t-on la cité menée par les citoyens ? Les citoyens sont un attelage, et l'attelage n'est pas le cocher. Mettre aux voix, c'est jeter aux vents. Voulez-vous faire flotter les États comme les nuées ? Le désordre ne construit pas l'ordre. Si le chaos est l'architecte, l'édifice sera Babel. Et puis quelle tyrannie que cette prétendue liberté ! Je veux m'amuser, moi, et non gouverner. Voter m'ennuie ; je veux danser. Quelle providence qu'un prince qui se charge de tout ! Certes, ce roi est généreux de se donner pour nous cette peine ! Et puis, il est élevé là-dedans, il sait ce que c'est. C'est son affaire. La paix, la guerre, la législation, les finances, est-ce que cela regarde les peuples ? Sans doute il faut que le peuple paie, sans doute il faut que le peuple serve, mais cela doit lui suffire. Une part lui est faite dans la politique ; c'est de lui que sortent les deux forces de l'État, l'armée et le budget. Être contribuable, et être soldat, est-ce que ce n'est pas assez ? Qu'a-t-il besoin d'autre chose ? Il est le bras militaire, il est le bras financier. Rôle magnifique. On règne pour lui. Il faut bien qu'il rétribue ce service. Impôt et liste civile sont des salaires acquittés par les peuples et gagnés par les princes. Le peuple donne son sang et son argent, moyennant quoi on le mène. Vouloir se conduire lui-même, quelle idée bizarre ! Un guide lui est nécessaire. Étant ignorant, le peuple est aveugle. Est-ce que l'aveugle n'a pas un chien ? Seulement, pour le peuple, c'est un lion, le roi, qui consent à être le chien. Que de bonté ! Mais pourquoi le peuple est-il ignorant ? Parce qu'il faut qu'il le soit. L'ignorance est gardienne de la vertu. Où il n'y a pas de perspectives, il n'y a pas d'ambitions ; l'ignorant est dans une nuit utile, qui, supprimant le regard ; supprime les convoitises. De là l'innocence. Qui lit pense, qui pense raisonne. Ne pas raisonner, c'est le devoir ; c'est aussi le bonheur. Ces vérités sont incontestables. La société est assise dessus.

Ainsi s'étaient rétablies les saines doctrines sociales en Angleterre. Ainsi la nation s'était réhabilitée. En même temps on revenait à la belle littérature. On dédaignait Shakespeare et l'on admirait Dryden. *Dryden est le plus grand poète de l'Angleterre et du siècle,* disait Atterbury, le traducteur d'*Achitophel.* C'était l'époque où M. Huet, évêque d'Avranches, écrivait à Saumaise, qui avait fait à l'auteur du *Paradis perdu* l'honneur de le réfuter et de l'injurier : *« Comment pouvez-vous vous occuper de si peu de chose que ce Milton ? »* Tout renaissait, tout reprenait sa place. Dryden en haut, Shakespeare en bas, Charles II sur le trône, Cromwell au gibet. L'Angleterre se relevait des hontes et des extravagances du passé. C'est un grand bonheur pour les nations d'être ramenées par la monarchie au bon ordre dans l'État et au bon goût dans les lettres.

Que de tels bienfaits pussent être méconnus, cela est difficile à croire. Tourner le dos à Charles II, récompenser par de l'ingratitude la magnanimité qu'il avait eue de remonter sur le trône, n'était-ce pas abominable ? Lord Linnaeus Clancharlie avait fait aux honnêtes gens ce chagrin. Bouder le bonheur de sa patrie, quelle aberration !

On sait qu'en 1650 le Parlement avait décrété cette rédaction : « *Je promets de demeurer fidèle à la république, sans souverain, sans seigneur.* » Sous prétexte qu'il avait prêté ce serment monstrueux, lord Clancharlie vivait hors du royaume, et, en présence de la félicité générale, se croyait le droit d'être triste. Il avait la sombre estime de ce qui n'était plus ; attache bizarre à des choses évanouies.

L'excuser était impossible ; les plus bienveillants l'abandonnaient. Ses amis lui avaient fait longtemps l'honneur de croire qu'il n'était entré dans les rangs républicains que pour voir de plus près les défauts de la cuirasse de la république, et pour frapper plus sûrement, le jour venu, au profit de la cause sacrée du roi. Ces attentes de l'heure utile pour tuer l'ennemi par-derrière font partie de la loyauté. On avait espéré cela de lord Clancharlie, tant on avait de pente à le juger favorablement. Mais,en présence de son étrange persistance républicaine, il avait bien fallu renoncer à cette bonne opinion. Évidemment lord Clancharlie était convaincu, c'est-à-dire idiot.

L'explication des indulgents flottait entre obstination puérile et opiniâtreté sénile.

Les sévères, les justes, allaient plus loin. Ils flétrissaient ce relaps. L'imbécillité a des droits, mais elle a des limites. On peut être une brute, on ne doit pas être un rebelle. Et puis, qu'était-ce après tout que lord Clancharlie ? un transfuge. Il avait quitté son camp, l'aristocratie, pour aller au camp opposé, le peuple. Ce fidèle était un traître. Il est vrai qu'il était « traître » au plus fort et fidèle au plus faible ; il est vrai que le camp répudié par lui était le camp vainqueur, et que le camp adopté par lui était le camp vaincu ; il est vrai qu'à cette « trahison » il perdait tout, son privilège politique et son foyer domestique, sa pairie et sa patrie ; il ne gagnait que le ridicule ; il n'avait de bénéfice que l'exil. Mais qu'est-ce que cela prouve ? Qu'il était un niais. Accordé.

Traître et dupe en même temps, cela se voit.

Qu'on soit niais tant qu'on voudra, à la condition de ne pas donner le mauvais exemple. On ne demande aux niais que d'être honnêtes, moyennant quoi ils peuvent prétendre à être les bases des monarchies. La brièveté d'esprit de ce Clancharlie était inimaginable. Il était resté dans l'éblouissement de la fantasmagorie révolutionnaire. Il s'était laissé mettre dedans par la république, et dehors. Il faisait affront à son pays. Pure félonie que son attitude ! Être absent, c'est être injurieux. Il semblait se tenir à l'écart du bonheur public comme d'une peste. Dans son bannissement volontaire, il y avait on ne sait quel refuge contre la satisfaction nationale. Il traitait la royauté comme une contagion. Sur la vaste allégresse monarchique, dénoncée par lui comme lazaret, il était le drapeau noir. Quoi ! au-dessus de l'ordre reconstitué, de la nation relevée, de la religion restaurée, faire cette figure sinistre ! sur cette sérénité jeter cette ombre ! prendre en mauvaise part l'Angleterre contente ! être le point obscur dans ce grand ciel bleu ! ressembler à une menace ! protester contre le vœu de la nation ! refuser son oui au consentement universel ! Ce serait odieux si ce n'était pas bouffon. Ce Clancharlie ne s'était pas rendu compte qu'on peut s'égarer avec Cromwell, mais qu'il faut revenir avec Monk. Voyez Monk. Il commande l'armée de la république ; Charles II en exil, instruit de sa probité, lui écrit ; Monk, qui concilie la vertu avec les démarches rusées, dissimule d'abord, puis tout à coup, à la tête des troupes, casse le parlement factieux, et rétablit le roi, et Monk est créé duc d'Albemarle, a l'honneur d'avoir sauvé la société, devient très riche, illustre à jamais son époque, et est fait chevalier de la Jarretière avec la perspective d'un enterrement à Westminster. Telle est la gloire d'un anglais fidèle. Lord Clancharlie n'avait pu s'élever jusqu'à l'intelligence du devoir ainsi pratiqué. Il avait l'infatuation et l'immobilité de l'exil. Il se satisfaisait avec des phrases creuses. Cet homme était ankylosé par l'orgueil. Les mots, conscience, dignité, etc., sont des mots après tout. Il faut voir le fond.

Ce fond, Clancharlie ne l'avait pas vu. C'était une conscience myope, voulant avant de faire une action, la regarder d'assez près pour en sentir l'odeur. De là des dégoûts absurdes. On n'est pas homme d'État avec ces délicatesses. L'excès de conscience dégénère en infirmité. Le scrupule est manchot devant le sceptre à saisir et eunuque devant la fortune à épouser. Méfiez-vous des scrupules. Ils mènent loin. La fidélité déraisonnable se descend comme un escalier de cave. Une marche, puis une marche, puis une marche encore, et l'on se trouve dans le noir. Les habiles remontent, les naïfs restent. Il ne faut pas laisser légèrement sa conscience s'engager dans le farouche. De transition en transition, on arrive aux nuances foncées de la pudeur politique. Alors on est perdu. C'était l'aventure de lord Clancharlie.

Les principes finissent par être un gouffre.

Il se promenait, les mains derrière le dos, le long du lac de Genève ; la belle avance !

On parlait quelquefois à Londres de cet absent. C'était devant l'opinion publique, à peu près un accusé. On plaidait le pour et le contre. La cause entendue, le bénéfice de la stupidité lui était acquis.

Beaucoup d'anciens zélés de l'ex-république avaient fait adhésion aux Stuarts. Ce dont on doit les louer. Naturellement, ils le calomniaient un peu. Les entêtés sont importuns aux complaisants. Des gens d'esprit, bien vus et bien situés en cour, et ennuyés de son attitude désagréable, disaient volontiers : « *S'il ne s'est pas rallié, c'est qu'on ne l'a pas payé assez cher, etc. Il voulait la place de chancelier que le roi a donnée à lord Ilyde,* etc. » Un de ses « anciens amis » allait même jusqu'à chuchoter : « *Il me l'a dit à moi-même.* » Quelquefois, tout solitaire qu'était Linnaeus Clancharlie, par des proscrits qu'il rencontrait, par de vieux régicides tels que Andrew Broughton, lequel habitait Lausanne, il lui revenait quelque chose de ces propos. Clancharlie se bornait à un imperceptible haussement d'épaules, signe de profond abrutissement.

Une fois, il compléta ce haussement d'épaules par ces quelques mots murmurés à demi-voix : « *Je plains ceux qui croient cela.* »

L'homme qui rit, II, I, I.

La mort de Charles Hugo

13 mars. — Cette nuit, je ne dormais pas, je songeais aux nombres, ce qui était la rêverie de Pythagore. Je pensais à tous ces 13 bizarrement accumulés et mêlés à ce que nous faisions depuis le 1er janvier, et je me disais encore que je quitterais cette maison où je suis le 13 mars. En ce moment s'est produit tout près de moi le même frappement nocturne (trois coups comme des coups de marteau sur une planche) que j'ai déjà entendu deux fois dans cette chambre.

Nous avons déjeuné chez Charles avec Louis Blanc. J'ai été voir Rochefort. Il demeure rue Judaïque, n° 80. Il est convalescent d'un érysipèle qui l'a mis un moment en danger. Il avait près de lui MM. Alexis Bouvier et Mourot que j'ai invités à dîner aujourd'hui en les priant de transmettre mon invitation à MM. Claretie, Guillemot et Germain Casse, dont je voudrais serrer la main avant mon départ.

En sortant de chez Rochefort, j'ai un peu erré dans Bordeaux. Belle église en partie romane. Jolie tour gothique fleuri. Superbe ruine romaine (rue du Colisée) qu'ils appellent le palais Gallien. Victor vient m'embrasser. Il part à six heures pour Paris avec Louis Blanc.

A 6 heures et demie, je suis allé au restaurant Lanta. MM. Bouvier, Mourot et Casse arrivent. Puis Alice. Charles se fait attendre.

7 heures du soir. Charles est mort.

Le garçon qui me sert au restaurant Lanta est entré et m'a dit qu'on me demandait. Je suis sorti. J'ai trouvé dans l'antichambre M. Porte, qui loue à Charles l'appartement de la rue Saint-Maur, n° 13. M. Porte m'a dit d'éloigner Alice qui me suivait. Alice est rentrée dans le salon. M. Porte m'a dit : « Monsieur, ayez de la force. Monsieur Charles... — Eh bien ? — Il est mort. »

Mort ! Je n'y croyais pas. Charles ! Je me suis appuyé au mur.

M. Porte m'a dit que Charles, ayant pris un fiacre pour venir chez Lanta, avait donné ordre au cocher d'aller d'abord au café de Bordeaux. Arrivé au café de Bordeaux, le cocher, en ouvrant la portière, avait trouvé Charles mort. Charles avait été frappé d'apoplexie foudroyante. Quelque vaisseau s'était rompu. Il était baigné de sang. Ce sang lui sortait par le nez et par la bouche. Un médecin appelé a constaté la mort.

Je n'y voulais pas croire. J'ai dit : « C'est une léthargie. » J'espérais encore. Je suis rentré dans le salon ; j'ai dit à Alice que j'allais revenir et j'ai couru rue Saint-Maur. A peine étais-je arrivé qu'on a rapporté Charles.

Hélas ! mon bien-aimé Charles ! Il était mort.

J'ai été chercher Alice. Quel désespoir !

Les deux petits enfants dorment.

14 mars. — Je relis ce que j'écrivais le matin du 13 au sujet de ce frappement entendu la nuit.

Charles est déposé dans le salon du rez-de-chaussée de la rue Saint-Maur. Il est couché sur un lit et couvert d'un drap sur lequel les femmes de la maison ont semé des fleurs. Deux voisins, ouvriers, et qui m'aiment, ont demandé à passer la nuit près de lui. Le médecin des morts, en découvrant ce pauvre cher mort, pleurait.

J'ai envoyé à Meurice une dépêche télégraphique ainsi conçue :

« Meurice, 18, rue Valois. Affreux malheur. Charles est mort ce soir 13. Apoplexie foudroyante. Que Victor revienne immédiatement. »

Le préfet a envoyé cette dépêche par voie officielle.

Nous emporterons Charles. En attendant, il sera mis au dépositoire.

MM. Alexis Bouvier et Germain Casse m'aident dans tous ces préparatifs qui sont des déchirements.

A 4 heures, on a mis Charles dans le cercueil. J'ai empêché qu'on fît descendre Alice. J'ai baisé au front mon bien-aimé, puis on a soudé la feuille de plomb. Ensuite on a ajouté le couvercle de chêne et serré les écrous du cercueil ; et en voilà pour l'éternité. Mais l'âme nous reste. Si je ne croyais pas à l'âme, je ne vivrais pas une heure de plus.

J'ai dîné avec mes deux petits-enfants, Petit Georges et Petite Jeanne.

J'ai consolé Alice. J'ai pleuré avec elle. Je lui ait dit *tu* pour la première fois.

(Payé au restaurant Lanta le dîner d'hier, où nous attendions Charles, où Alice était, où je n'étais pas.)

15 mars. — Depuis deux nuits je ne dormais pas, j'ai un peu dormi cette nuit.

Edgar Quinet est venu hier soir. Il a dit en voyant le cercueil de Charles déposé dans le salon : « Je te dis adieu, grand esprit, grand talent, grande âme, beau par le visage, plus beau par la pensée, fils de Victor Hugo ! »

Nous avons parlé ensemble de ce superbe esprit envolé. Nous étions calmes. Le veilleur de nuit pleurait en nous entendant.

Le préfet de la Gironde est venu. Je n'ai pu le recevoir.

Ce matin, à 10 heures, je suis allé rue Saint-Maur, 13. La voiture-fourgon des pompes funèbres était là. MM. Bouvier et Mourot m'attendaient. Je suis entré dans le salon. J'ai baisé le cercueil. Puis on l'a emporté. Il y avait une voiture de suite. Ces messieurs et moi y sommes montés. Arrivés au cimetière, on a retiré le cercueil de la voiture-fourgon, et six hommes l'ont porté à bras. MM. Alexis Bouvier, Mourot et moi, nous suivions, tête nue. Il pleuvait à verse. Nous avons marché derrière le cercueil.

Au bout d'une longue allée de platanes, nous avons trouvé le dépositoire, cave éclairée seulement par la porte. On y descend par cinq ou six marches. Il y avait plusieurs cercueils, attendant, comme va attendre, celui de Charles. Les porteurs ont descendu le cercueil. Comme j'allais suivre, le gardien du dépositoire m'a dit : « On n'entre pas. » J'ai compris et j'ai respecté cette solitude des morts. MM. Alexis Bouvier et Mourot m'ont ramené rue Saint-Maur, 13.

Alice était en syncope. Je lui ai fait respirer du vinaigre et je lui ai frappé dans les mains. Elle s'est réveillée et a dit : « Charles, où es-tu ? »

Je suis accablé de douleur.

16 mars. — Petite Jeanne souffre de ses dents. Elle a mal dormi.

A midi, Victor arrive, avec Barbieux et Louis Mie. Nous nous embrassons en silence et en pleurant. Il me remet une lettre de Meurice et de Vacquerie.

Nous décidons que Charles sera dans le tombeau de mon père au Père-Lachaise, à la place que je me réservais. J'écris à Meurice et à Vacquerie une lettre où j'annonce mon départ avec le cercueil pour demain et notre arrivée à Paris pour après-demain. Barbieux partira ce soir et leur portera cette lettre.

17 mars. — Nous comptons partir de Bordeaux avec mon Charles, tous, ce soir, à 6 heures.

Nous sommes allés, Victor et moi, avec Louis Mie, chercher Charles au dépositoire. Nous l'avons porté au chemin de fer.

Nous sommes partis de Bordeaux à 6 h 30 du soir. Arrivés à Paris à 10 h 30 du matin.

18 mars. — A la gare, on nous reçoit dans un salon où l'on me remet les journaux ; ils n'annoncent notre arrivée que pour midi. Nous attendons. Foule, amis.

A midi, nous partons pour le Père-Lachaise. Je suis le corbillard, tête nue, Victor est près de moi. Tous nos amis suivent, et le peuple. On crie : « Chapeaux bas ! »

Place de la Bastille, il se fait autour du corbillard une garde d'honneur spontanée des gardes nationaux qui passent, le fusil abaissé. Sur tout le parcours jusqu'au cimetière, des bataillons de garde nationale rangés en bataille présentent les armes et saluent du drapeau. Les tambours battent aux champs. Les clairons sonnent. Le peuple attend que je sois passé et reste silencieux, puis crie : « *Vive la République !* »

Il y avait partout des barricades qui nous ont forcés à de longs détours. Foule au cimetière. Au cimetière, dans la foule, j'ai reconnu Millière, très pâle et très ému, qui m'a salué, et ce brave Rostan. Entre deux tombes, une large main s'est tendue vers moi et une voix m'a dit : « Je suis Courbet. » En même temps j'ai vu une face énergique et cordiale qui me souriait avec une larme dans les yeux. J'ai vivement serré cette main. C'est la première fois que je vois Courbet.

On a descendu le cercueil. Avant qu'il entrât dans la fosse, je me suis mis à genoux et je l'ai baisé. Le caveau était béant. Une dalle était soulevée. J'ai regardé le tombeau de mon père que je n'avais pas vu depuis l'exil. Le cippe était noirci. L'ouverture étant trop étroite, il a fallu limer la pierre. Cela a duré une demi-heure. Pendant ce temps-là, je regardais le tombeau de mon père et le cercueil de mon fils. Enfin, on a pu descendre le cercueil. Charles sera là avec mon père, ma mère et mon frère.

Mme Meurice a apporté une gerbe de lilas blanc qu'elle a jetée sur le cercueil de Charles. Vacquerie a parlé. Il a dit de belles et grandes paroles. Louis Mie aussi a dit à Charles un adieu ému et éloquent. Puis je m'en suis allé. On a jeté des fleurs sur le tombeau. La foule m'entourait. On me prenait les mains. Comme ce peuple m'aime, et comme je l'aime ! On me remet une adresse du club de Belleville tout à fait ardente et sympathique signée : *Millière*, président, et *Avrial*, secrétaire.

Nous sommes revenus en voiture avec Meurice et Vacquerie. Je suis brisé. Mon Charles, sois béni !

Choses vues.

Les fusillés

Guerre qui veut Tacite et qui repousse Homère !
La victoire s'achève en massacre sommaire.
Ceux qui sont satisfaits sont furieux ; j'entends
Dire : « Il faut en finir avec les mécontents. »
Alceste est aujourd'hui fusillé par Philinte.
Faites.

Partout la mort. Eh bien, pas une plainte.
Ô blé que le destin fauche avant qu'il soit mûr !
Ô peuple !
On les amène au pied de l'affreux mur.
C'est bien. Ils ont été battus du vent contraire.
L'homme dit au soldat qui l'ajuste : « Adieu, frère ! »
La femmme dit : « Mon homme est tué. C'est assez.
Je ne sais s'il eut tort ou raison, mais je sais
Que nous avons traîné le malheur côte à côte ;
Il fut mon compagnon de chaîne ; si l'on m'ôte
Cet homme, je n'ai plus besoin de vivre. Ainsi
Puisqu'il est mort, il faut que je meure. Merci. »
Et dans les carrefours les cadavres s'entassent.
Dans un noir peloton vingt jeunes filles passent ;
Elles chantent ; leur grâce et leur calme innocent
Inquiètent la foule effarée ; un passant
Tremble. « Où donc allez-vous, dit-il à la plus belle.
Parlez. — Je crois qu'on va nous fusiller », dit-elle.
Un bruit lugubre emplit la caserne Lobau ;
C'est le tonnerre ouvrant et fermant le tombeau.
Là des tas d'hommes sont mitraillés ; nul ne pleure ;
Il semble que leur mort à peine les effleure,
Qu'ils ont hâte de fuir un monde âpre, incomplet,
Triste, et que cette mise en liberté leur plaît.
Nul ne bronche. On adosse à la même muraille
Le petit-fils avec l'aïeul, et l'aïeul raille,
Et l'enfant blond et frais s'écrie en riant : « Feu ! »

Ce rire, ce dédain tragique, est un aveu.
Gouffre de glace ! Énigme où se perd le prophète !
Donc ils ne tiennent pas à la vie ; elle est faite
De façon qu'il leur est égal de s'en aller.
C'est en plein mois de mai ; tout veut vivre et mêler

Son instinct ou son âme à la douceur des choses ;
Ces filles-là devraient aller cueillir des roses ;
L'enfant devrait jouer dans un rayon vermeil ;
L'hiver de ce vieillard devrait fondre au soleil ;
Ces âmes devraient être ainsi que des corbeilles
S'emplissant de parfums, de murmures d'abeilles,
De chants d'oiseaux, de fleurs, d'extase, de printemps ;
Tous devraient être d'aube et d'amour palpitants.
Eh bien, dans ce beau mois de lumière et d'ivresse,
Ô terreur ! c'est la mort qui brusquement se dresse ;
La grande aveugle, l'Ombre implacable et sans yeux ;
Oh ! comme ils vont trembler et crier sous les cieux,
Sangloter, appeler à leur aide la ville,
La nation qui hait l'euménide civile,
Toute la France, nous, nous tous qui détestons
Le meurtre pêle-mêle et la guerre à tâtons !
Comme ils vont, l'œil en pleurs, bras tordus, mains
[crispées,
Supplier les canons, les fusils, les épées,
Se cramponner aux murs, s'attacher aux passants,
Et fuir, et refuser la tombe, frémissants :
Et hurler : « On nous tue ! au secours ! grâce !
[grâce ! »
Non. Ils sont étrangers à tout ce qui se passe ;
Ils regardent la mort qui vient les emmener.
Soit. Ils ne lui font pas l'honneur de s'étonner.
Ils avaient dès longtemps ce spectre en leur pensée,
Leur fosse dans leur cœur était toute creusée.
Viens, mort !

Être avec nous, cela les étouffait.
Ils partent. Qu'est-ce donc que nous leur avions fait ?
Ô révélation ! Qu'est-ce donc que nous sommes
Pour qu'ils laissent ainsi derrière eux tous les hommes,
Sans un cri, sans daigner pleurer, sans un regret ?
Nous pleurons, nous. Leur cœur au supplice était prêt.
Que leur font nos pitiés tardives ? Oh ! quelle ombre !
Que fûmes-nous pour eux avant cette heure sombre ?
Avons-nous protégé ces femmes ? Avons-nous
Pris ces enfants tremblants et nus sur nos genoux ?
L'un sait-il travailler et l'autre sait-il lire ?

Exécution de communards, mai 1871.

L'ignorance finit par être le délire ;
Les avons-nous instruits, aimés, guidés enfin,
Et n'ont-ils pas eu froid ? et n'ont-ils pas eu faim ?
C'est pour cela qu'ils ont brûlé vos Tuileries.
Je le déclare au nom de ces âmes meurtries.
Moi, l'homme exempt des deuils de parade et
[d'emprunt,
Qu'un enfant mort émeut plus qu'un palais défunt.
C'est pour cela qu'ils sont les mourants formidables,
Qu'ils ne se plaignent pas, qu'ils restent insondables,
Souriants, menaçants, indifférents, altiers,
Et qu'ils se laissent presque égorger volontiers.
Méditons. Ces damnés, qu'aujourd'hui l'on foudroie,
N'ont pas de désespoir n'ayant pas eu de joie.
Le sort de tous se lie à leur sort. Il le faut.
Frères, bonheur en bas, sinon malheur en haut !
Hélas ! faisons aimer la vie aux misérables.
Sinon, pas d'équilibre. Ordre vrai, lois durables,
Fortes mœurs, paix charmante et virile pourtant,
Tout, vous trouverez tout dans le pauvre content.
La nuit est une énigme ayant pour mot l'étoile.
Cherchons. Le fond du cœur des souffrants se dévoile.

Le sphinx, resté masqué, montre sa nudité.
Ténébreux d'un côté, clair de l'autre côté,
Le noir problème entrouvre à demi la fenêtre
Par où le flamboiement de l'abîme pénètre.
Songeons, puisque sur eux le suaire est jeté,
Et comprenons. Je dis que la société
N'est point à l'aise ayant sur elle ces fantômes,
Que leur rire est terrible entre tous les symptômes,
Et qu'il faut trembler, tant qu'on n'aura pu guérir
Cette facilité sinistre de mourir.

L'Année terrible. 20 juin 1871.

A l'évêque qui m'appelle athée

Athée ? Entendons-nous, prêtre, une fois pour toutes.
M'espionner, guetter mon âme, être aux écoutes,
Regarder par le trou de la serrure au fond
De mon esprit, chercher jusqu'où mes doutes vont,
Questionner l'enfer, consulter son registre
De police, à travers son soupirail sinistre,
Pour voir ce que je nie ou bien ce que je crois,
Ne prends pas cette peine inutile. Ma foi
Est simple, et je la dis. J'aime la clarté franche.

S'il s'agit d'un bonhomme à longue barbe blanche,
D'une espèce de pape ou d'empereur, assis
Sur un trône qu'on nomme, au théâtre, châssis,
Dans la nuée, ayant un oiseau sur sa tête,
A sa droite un archange, à sa gauche un prophète,
Entre ses bras son fils pâle et percé de clous,
Un et triple, écoutant des harpes, Dieu jaloux,
Dieu vengeur, que Garasse enregistre, qu'annote
L'abbé Pluche en Sorbonne et qu'approuve Nonotte ;
S'il s'agit de ce Dieu que constate Trublet,
Dieu foulant aux pieds ceux que Moïse accablait,
Sacrant tous les bandits royaux dans leurs repaires,
Punissant les enfants pour la faute des pères,
Arrêtant le soleil à l'heure où le soir naît,
Au risque de casser le grand ressort tout net ;
Dieu mauvais géographe et mauvais astronome,

Contrefaçon immense et petite de l'homme,
En colère, et faisant la moue au genre humain,
Comme un Père Duchêne un grand sabre à la main ;
Dieu qui volontiers damne et rarement pardonne ;
Qui sur un passe-droit consulte une madone ;
Dieu qui, dans son ciel bleu, se donne le devoir
D'imiter nos défauts, et le luxe d'avoir
Des fléaux, comme on a des chiens ; qui trouble
                                 [l'ordre,
Lâche sur nous Nemrod et Cyrus, nous fait mordre
Par Cambyse, et nous jette aux jambes Attila,
Prêtre, oui, je suis athée à ce vieux Bon Dieu-là.
Mais il s'agit de l'être absolu qui condense
Là-haut tout l'idéal dans toute l'évidence,
Par qui, manifestant l'unité de la loi,
L'univers peut, ainsi que l'homme, dire : Moi ;
De l'être dont je sens l'âme au fond de mon âme,
De l'être qui me parle à voix basse, et réclame
Sans cesse pour le vrai contre le faux parmi
Les instincts dont le flot nous submerge à demi ;
S'il s'agit du témoin dont ma pensée obscure
A parfois la caresse et parfois la piqûre
Selon qu'en moi, montant au bien, tombant au mal,
Je sens l'esprit grandir ou croître l'animal ;
S'il s'agit du prodige immanent qu'on sent vivre
Plus que nous ne vivons, et dont notre âme est ivre
Toutes les fois qu'elle est sublime, et qu'elle va
Où s'envola Socrate, où Jésus arriva,
Pour le juste, le vrai, le beau, droit au martyre,
Toutes les fois qu'au gouffre un grand devoir l'attire,
Toutes les fois qu'elle est dans l'orage alcyon,
Toutes les fois qu'elle a l'auguste ambition
D'aller, à travers l'ombre infâme qu'elle abhorre
Et de l'autre côté des nuits, trouver l'aurore ;
Ô prêtre, s'il s'agit de ce quelqu'un profond
Que les religions ne font ni ne défont,
Que nous devinons bon et que nous sentons sage,
Qui n'a pas de contour, qui n'a pas de visage,
Et pas de fils, ayant plus de paternité
Et plus d'amour que n'a de lumière l'été ;
S'il s'agit de ce vaste inconnu que ne nomme,

N'explique et ne commente aucun Deutéronome,
Qu'aucun Calmet ne peut lire en aucun Esdras,
Que l'enfant dans sa crèche et les morts dans leurs
[draps,
Distinguent vaguement d'en bas comme une cime,
Très-Haut qui n'est mangeable en aucun pain azyme,
Qui, parce que deux cœurs s'aiment, n'est point fâché,
Et qui voit la nature où tu vois le péché ;
S'il s'agit de ce Tout vertigineux des êtres
Qui parle par la voix des éléments, sans prêtres,
Sans bible, point charnel et point officiel,
Qui pour livre a l'abîme et pour temple le ciel,
Loi, Vie, Ame, invisible à force d'être énorme,
Impalpable à ce point qu'en dehors de la forme
Des choses, que dissipe un souffle aérien,
On l'aperçoit dans tout sans le saisir dans rien ;
S'il s'agit du suprême Immuable, solstice
De la raison, du droit, du bien, de la justice,
En équilibre avec l'infini, maintenant,
Autrefois, aujourd'hui, demain, toujours, donnant
Aux soleils la durée, aux cœurs la patience,
Qui, clarté hors de nous, est en nous conscience ;
Si c'est de ce Dieu-là qu'il s'agit, de celui
Qui toujours dans l'aurore et dans la tombe a lui,
Étant ce qui commence et ce qui recommence ;
S'il s'agit du principe éternel, simple, immense,
Qui pense puisqu'il est, qui de tout est le lieu,
Et que, faute d'un nom plus grand, j'appelle Dieu,
Alors tout change, alors nos esprits se retournent,
Le tien vers la nuit, gouffre et cloaque où séjournent
Les rires, les néants, sinistre vision,
Et le mien vers le jour, sainte affirmation,
Hymne, éblouissement de mon âme enchantée ;
Et c'est moi le croyant, prêtre, et c'est toi l'athée.

L'Année terrible. 27 juillet 1871.

Mes fils

I

Un homme se marie jeune ; sa femme et lui ont à eux deux trente-sept ans. Après avoir été riche dans son enfance, il est devenu pauvre dans sa jeunesse ; il a habité des palais de passage, à présent il est presque dans un grenier. Son père a été vainqueur de l'Europe et est maintenant un brigand de la Loire. Chute, ruine, pauvreté. Cet homme, qui a vingt ans, trouve cela tout simple, et travaille. Travailler, cela fait qu'on aime ; aimer, cela fait qu'on se marie. L'amour et le travail, les deux meilleurs points de départ pour la famille. Il lui en vient une. Le voilà avec des enfants. Il prend au sérieux toute cette aurore. La mère nourrit l'enfant, le père nourrit la mère. Plus de bonheur demande plus de travail. Il passait les jours à la besogne, il y passera les nuits. Qu'est-ce qu'il fait ? Peu importe. Un travail quelconque.

Sa vie est rude, mais douce. Le soir, avant de se mettre à l'œuvre jusqu'à l'aube, il se couche à terre et les petits montent sur lui, riant, chantant, bégayant, jouant. Ils sont quatre, deux garçons et deux filles.

Les années passent, les enfants grandissent, l'homme mûrit. Avec le travail, un peu d'aisance lui est venue. Il habite dans de l'ombre et dans de la verdure, aux Champs-Élysées. Il reçoit là des visites de quelques travailleurs pauvres comme lui, d'un vieux chansonnier appelé Béranger, d'un vieux philosophe appelé Lamennais, d'un vieux proscrit appelé Chateaubriand. Il vit dans cette retraite, rêveur, s'imaginant que les Champs-Élysées sont une solitude, destiné pourtant à la vraie solitude plus tard. S'il écoute, il n'entend que des chants. Entre les arbres et lui, il y a les oiseaux ; entre les hommes et lui, il y a les enfants.

Leur mère leur apprend à lire ; lui, il leur apprend à écrire. Quelquefois il écrit en même temps qu'eux sur la même table, eux des alphabets et des jambages, lui autre chose ; et, pendant qu'ils font lentement et gravement des jambages et des alphabets, il expédie

Avec Charles et François-Victor à Jersey, en 1860.

une page rapide. Un jour, le plus jeune des deux garçons, qui a quatre ans, s'interrompt, pose la plume,
regarde son père écrire et lui dit : « C'est drôle, quand
on a de petites mains, on écrit tout gros, et quand on
a de grosses mains, on écrit tout petit. »

Au père maître d'école succède le collège. Le père
pourtant tient à mêler au collège la famille, estimant
qu'il est bon que les adolescents soient le plus longtemps possible des enfants. Arrive, pour ces petits à
leur tour, la vingtième année ; le père alors n'est plus
qu'une espèce d'aîné ; car la jeunesse finissante et la
jeunesse commençante fraternisent, ce qui adoucit la
mélancolie de l'une et tempère l'enthousiasme de
l'autre.

Ces enfants deviennent des hommes ; et alors il se
trouve que ce sont des esprits. L'un, le premier-né, est

un esprit alerte et vigoureux ; l'autre, le second, est un esprit aimable et grave. La lutte du progrès veut des intelligences de deux sortes, les fortes et les douces : le premier ressemble plus à l'athlète, le second à l'apôtre. Leur père ne s'étonne pas d'être de plain-pied avec ces jeunes hommes ; et, en effet, comme on vient de le dire, il les sent frères autant que fils.

Eux aussi, comme a fait leur père, ils prennent leur jeunesse avec probité, et, voyant leur père travailler, ils travaillent. A quoi ? A leur siècle. Ils travaillent à l'éclaircissement des problèmes, à l'adoucissement des âmes, à l'illumination des consciences, à la vérité, à la liberté. Leurs premiers travaux sont récompensés ; ils sont décorés de bonne heure, l'un de six mois de prison, pour avoir combattu l'échafaud, l'autre de neuf mois, pour avoir défendu le droit d'asile. Disons-le en passant, le droit d'asile est mal vu. Dans un pays voisin, il est d'usage que le ministre de l'Intérieur ait un fils qui organise des bandes chargées des assauts nocturnes aux partisans du droit d'asile ; si le fils ne réussit pas comme bandit, le père réussit comme ministre ; et celui qu'on n'a pu assassiner, on l'expulse. De cette façon, la société est sauvée. En France, en 1851, pour mettre à la raison ceux qui défendent les vaincus et les proscrits, on n'avait recours ni à la lapidation ni à l'expulsion, on se contentait de la prison. Les mœurs des gouvernements diffèrent.

Les deux jeunes hommes vont en prison ; ils y sont ensemble ; le père s'y installe presque avec eux, faisant de la Conciergerie sa maison. Cependant son tour vient à lui aussi. Il est forcé de s'éloigner de France, pour des causes qui, si elles étaient rappelées ici, troubleraient le calme de ces pages. Dans la grande chute de tout, qui survient alors, le commencement d'aisance ébauché par son travail s'écroule ; il faudra qu'il recommence ; en attendant, il faut qu'il parte. Il part. Il s'éloigne par une nuit d'hiver. La pluie, la bise, la neige, bon apprentissage pour une âme, à cause de la ressemblance de l'hiver avec l'exil. Le regard froid de l'étranger s'ajoute utilement au ciel sombre ; cela trempe un cœur pour l'épreuve. Ce père s'en va, au hasard, devant lui, sur une plage déserte, au bord de la mer. Au moment où il sort de France, ses fils sortent de prison, coïncidence heureuse, de façon qu'ils peuvent le suivre ; il avait partagé leur cellule, ils partagent sa solitude.

II

On vit ainsi. Les années passent. Que font-ils pendant ce temps-là ? Une chose simple, leur devoir. De quoi se compose pour eux le devoir ? De ceci : Persister. C'est-à-dire servir la patrie, l'aimer, la glorifier, la défendre ; vivre pour elle et loin d'elle ; et, parce qu'on est pour elle, lutter, et, parce qu'on est loin d'elle, souffrir [...].

Ils ont une mère, ils la vénèrent ; ils ont une sœur morte, ils la pleurent ; ils ont une sœur vivante, ils l'aiment ; ils ont un père proscrit, ils l'aident. A quoi ? A porter la proscription. Il y a des heures où cela est lourd. Ils ont des compagnons d'adversité, ils se font leur frères ; et à ceux qui n'ont plus le ciel natal, ils montrent du doigt l'espérance, qui est le fond du ciel de tous les hommes. Il y a parfois dans ce groupe intrépide de vaincus des instants de poignante angoisse ; on en voit un qui se dresse la nuit sur son lit et se tord les bras en criant : « Dire que je ne suis plus en France ! » Les femmes se cachent pour pleurer, les hommes se cachent pour saigner. Ces deux jeunes bannis sont fermes et simples. Dans ces ténèbres, ils brillent ; dans cette nostalgie, ils persévèrent ; dans ce désespoir, ils chantent. Pendant qu'un homme, en ce moment-là empereur des Français et des Anglais, vit dans sa demeure triomphale, baisé des reines, vainqueur, tout-puissant et lugubre, eux, dans la maison d'exil inondée d'écume, ils rient et sourient. Ce maître du monde et de la minute a la tristesse de la prospérité misérable ; ils ont la joie du sacrifice. Ils ne sont pas abandonnés d'ailleurs ; ils ont d'admirables amis : Vacquerie, le puissant et superbe esprit ; Meurice, la grande âme douce ; Ribeyrolles, le vaillant cœur. Ces deux frères sont dignes de ces fiers hommes-là. Aucune sérénité n'éclipse la leur ; que la destinée fasse ce qu'elle voudra, ils ont l'insouciance héroïque des consciences heureuses. L'aîné, à qui l'on parle de l'exil, répond : « Cela ne me regarde pas. » Ils prennent avec cordialité leur part de l'agonie qui les entoure ; ils pansent dans toutes les âmes la plaie rongeante que fait le bannissement. Plus la patrie est absente, plus elle est présente, hélas ! Ils sont les points d'appui de ceux qui chancellent ; ils déconseillent les concessions que le mal du pays pourrait suggérer à quelques pauvres êtres désorientés. En même temps, ils répugnent à l'écrasement de leurs ennemis, même infâmes. Il arrive un jour qu'on découvre, dans ce campement de proscrits, dans cette famille d'expatriés, un homme de police, un traître affectant l'air farouche, un agent de Maupas affublé du masque d'Hébert ; toutes ces probités indignées se soulèvent, on veut tuer le misérable, les deux frères lui sauvent la vie. Qui use du droit de souffrance peut user du droit de clémence. Autour d'eux, on sent que ces jeunes hommes ont la foi, la vraie celle qui se communique. De là, une certaine autorité mêlée à leur jeunesse. Le proscrit pour la vérité est un honnête homme dans l'acception hautaine du mot ; ils ont cette grave honnêteté-là. Toute défaillance à côté d'eux est impossible ; ils offrent leur robuste épaule à tous les accablements. Toujours debout sur le haut de l'écueil, ils fixent sur l'énigme et sur l'ombre leur regard tranquille ; ils font le signal d'attente dès qu'ils voient une lueur poindre à l'horizon ; ils sont les vigies de l'avenir. Ils répandent dans cette obscurité on ne sait quelle clarté d'aurore, silencieusement remerciés par la douceur sinistre des résignés.

III

En même temps qu'ils accomplissent la loi de fraternité, ils exécutent la loi du travail.

L'un traduit Shakespeare, et restitue à la France, dans un livre de sagace peinture et d'érudition élégante, *la Normandie inconnue*. L'autre publie une série d'ouvrages solides et exquis, pleins d'une émotion vraie, d'une bonté pénétrante, d'une haute compassion. Ce jeune homme est tout simplement un grand écrivain. Comme tous les puissants et abondants esprits, il produit vite, mais il couve longtemps, avec la féconde paresse de la gestation ; il a cette préméditation que recommande Horace, et qui est la source des improvisations durables. Son début dans le conte visionnaire (1856) est un chef-d'œuvre. Il le dédie à Voltaire, et, détail qui montre la magnifique envergure de ce jeune esprit, il eût pu en même temps le dédier à Dante. Il a l'ironie comme Arouet et la foi comme Alighieri. Son début au théâtre (1859) est un chef-d'œuvre aussi, mais un chef-d'œuvre petit, un badinage de penseur, vivant, fuyant, rapide, inoubliable, comédie légère et forte qui a la fragilité apparente des choses ailées.

Ce jeune homme, pour qui le voit de près, semble toujours au repos, et il est toujours en travail. C'est le nonchalant infatigable. Du reste, il a autant de facultés qu'il fait d'efforts ; il entre dans le roman, c'est un maître ; il aborde le théâtre, c'est un poète ; il se jette dans les mêlées de la polémique, c'est un journaliste éclatant. Dans ces trois régions, il est chez lui [...].

VIII

....

Un jour, bientôt peut-être, l'heure qui a sonné pour les fils sonnera pour le père. Son tour sera venu ; il aura l'apparence d'un endormi ; on le mettra entre quatre planches ; il sera ce quelqu'un d'inconnu qu'on appelle un mort, et on le conduira à la grande ouverture sombre. Là est le seul impossible à deviner. Celui qui arrive y est attendu par ceux qui sont arrivés. Celui qui arrive est le bienvenu. Ce qui semble la sortie est pour lui l'entrée. Il perçoit distinctement ce qu'il avait obscurément accepté ; l'œil de la chair se ferme, l'œil de l'esprit s'ouvre et l'invisible devient visible. Pendant qu'on fait silence autour de la fosse béante, pendant que des pelletées de terre, poussière jetée à ce qui va être cendre, tombent sur la bière sourde et sonore, l'âme mystérieuse quitte ce vêtement, le corps, et sort, lumière, de l'amoncellement des ténèbres. Alors pour cette âme les disparus reparaissent, et ces vrais vivants, que dans l'ombre terrestre on nomme les trépassés, emplissent l'horizon ignoré, se pressent, rayonnants, dans une profondeur de nuée et d'aurore, appellent doucement le nouveau venu, et se penchent sur sa face éblouie avec ce bon sourire qu'on a dans les étoiles. Ainsi s'en ira le travailleur chargé d'années, laissant, s'il a bien agi, quelques regrets derrière lui, suivi jusqu'au bord du tombeau par des yeux mouillés peut-être et par de graves fronts découverts, et en même temps reçu avec joie dans la clarté éternelle ; et, si vous n'êtes pas du deuil ici-bas, vous serez là-haut de la fête, ô mes bien-aimés !

17 mai 1874.

Senilis Amor [65]

Donc, je mérite encor qu'une femme me griffe !
C'est beau. — L'égratignure est un hiéroglyphe
Que le bourgeois hideux, vil, promis au trépas,
Qui boit de l'eau, qui lit Nisard, ne comprend pas,
Mais qui veut dire amour et qui ravit le sage !
La griffe de Vénus qui vous saute au visage,
Quelle gloire ! — Je l'ai ! —

Le Théâtre en liberté. Reliquat.

Chanson de celle qui n'a pas parlé

L'énigme ne dit pas son mot.
Les flèches d'or ont des piqûres
Dont on ne parle pas tout haut.
Souvent, sous les branches obscures,

Plus d'un tendre oiseau se perd.
Vous m'avez souvent dit : je t'aime !
Et je ne vous l'ai jamais dit.
Vous prodiguiez le cri suprême,

Je refusais l'aveu profond.
Le lac bleu sous la lune rêve
Et, muet, dans la nuit se fond ;
L'eau se tait quant l'astre se lève.

L'avez-vous donc trouvé mauvais ?
En se taisant le cœur se creuse.
Et, quand vous étiez là, j'avais
Le doux tremblement d'être heureuse.

Vous parliez trop, moi pas assez.
L'amour commence par de l'ombre ;
Les nids du grand jour sont blessés ;
Les choses ont leur pudeur sombre.

Aujourd'hui — comme, au vent du soir,
L'arbre tristement se balance ! —
Vous me quittez, n'ayant pu voir
Mon âme à travers mon silence.

Soit ! Nous allons nous séparer.
— Oh ! comme la forêt soupire ! —
Demain qui me verra pleurer
Peut-être vous verra sourire.

Ce doux mot, qu'il faut effacer,
— Je t'aime — aujourd'hui me déchire ;
Vous le disiez sans le penser,
Moi, je le pensais sans le dire.

Toute la lyre. 26 septembre 1875.

Spectres

Ne vous figurez pas, ténèbres, que je tremble
Parce que vous venez le soir murer les cieux ;
J'entends des voix parler tout bas dans l'ombre ensem-
[ble,
Et je sens des regards sur moi sans voir des yeux ;

Mais j'ai foi ! L'Arimane a peur du Zoroastre ;
Plus l'obscurité vient, plus le sage aime et croit,
Et devant la grandeur lumineuse que l'astre
Donne au prophète bon, le dieu méchant décroît.

165

Vous êtes malgré vous de rayons traversées ;
L'espérance est mêlée à vos blêmes effrois ;
Vous ne nous troublez point sous vos ailes dressées
Pas plus que les corbeaux n'ébranlent les beffrois.

Ô ténèbres, le ciel est une sombre enceinte
Dont vous fermez la porte, et dont l'âme a la clé ;
Et la nuit se partage, étant sinistre et sainte,
Entre Iblis, l'ange noir, et Christ, l'homme étoilé.

La Dernière Gerbe. 23 novembre 1876.

A Vevey, en 1884,
avec Jeanne, Georges et Mme Lockroy (Alice Charles-Hugo).

Chronologie

1802 **26 février :** naissance de Victor Marie Hugo, à Besançon.

1809 Au printemps, Mme Hugo s'installe aux Feuillantines avec ses trois fils.

1811 **15 mars :** Mme Hugo, avec ses enfants, va rejoindre son mari (promu général le 21 août 1809) à Madrid. Elle y reste une année (quittant Madrid le 3 mars 1812).

1812 Fin mars et jusqu'à fin décembre 1813, de nouveau la vie aux Feuillantines.

1816 V. H. écrit son *Irtamène,* du 17 juillet au 14 décembre (le 10 juillet, il note : « Je veux être Chateaubriand ou rien »).

1819 **Mai :** V. H. couronné par l'Académie des jeux floraux. **Décembre :** il fonde *le Conservateur littéraire,* qui durera jusqu'en mars 1821.

1820 **9 mars :** V. H. reçoit une gratification du roi Louis XVIII pour son *Ode sur la mort du duc de Berry.*

1821 **27 juin :** mort de Mme Hugo (le 20 juillet, le général Hugo se remarie, épousant sa maîtresse, Catherine Thomas).

1822 **8 juin :** V. H. publie ses *Odes et Poésies diverses.* **12 octobre :** V. H. épouse Adèle Foucher (née en 1803).

1823 **Février :** V. H. publie *Han d'Islande.* **Juillet :** naissance du premier enfant des Hugo, Léopold, qui mourra le 9 octobre.

1824 **Mars :** V. H. publie ses *Nouvelles Odes.* **28 août :** naissance de Léopoldine.

1825 **29 avril :** V. H. est fait chevalier de la Légion d'honneur. **Mai :** il assiste, à Reims, au sacre de Charles X. **Août :** Chamonix et Genève avec Nodier (2 août-2 septembre).

1826 **Fin janvier :** V. H. publie *Bug-Jargal.* **6 août :** il commence *Cromwell.* **2 novembre :** naissance de Charles Hugo. **Novembre :** lancement, chez Ladvocat, des *Odes et Ballades.*

1827 **Août :** V. H. termine *Cromwell,* qu'il publie en décembre.

1828 **29 janvier :** mort du général Hugo. **27 octobre :** naissance de François-Victor Hugo.

1829 **Janvier :** publication des *Orientales.* **Février :** publication du *Dernier Jour d'un condamné.* **1er-30 juin :** il écrit *Marion Delorme.* **13 août :** *Marion Delorme,* reçue au Théâtre-Français le 14 juillet, est interdite par le gouvernement.

29 août-24 septembre : V. H. écrit *Hernani* (la pièce est reçue au Théâtre-Français le 5 octobre).

1830   25 février : première d'*Hernani*. **28 juillet :** naissance d'Adèle Hugo.

1831   15 janvier : V. H. termine *Notre-Dame de Paris*, commencée fin juillet 1830. **15 mars :** lancement de *Notre-Dame de Paris*. **11 août :** première de *Marion Delorme*. **24 novembre :** publication des *Feuilles d'automne*.

1832   3-23 juin : V. H. écrit *Le roi s'amuse*. **9-20 juillet :** il écrit *Lucrèce Borgia*. **22 novembre :** première de *Le roi s'amuse* ; la pièce est « suspendue » le lendemain 23 et « interdite » le 10 décembre.

1833   2 février : première de *Lucrèce Borgia*. **Nuit du 16 au 17 février :** V. H. devient l'amant de Juliette Drouet. **8 août-1ᵉʳ septembre :** il écrit *Marie Tudor*. **6 novembre :** première de *Marie Tudor*.

1834   2-10 janvier : V. H. écrit son *Étude sur Mirabeau*, qu'il publie à la fin du mois. **Mars :** publication de *Littérature et Philosophie mêlées*. **6 juillet :** *la Revue de Paris* publie *Claude Gueux*.

1835   2-19 février : il écrit *Angelo*. **28 avril :** première d'*Angelo*. **26 octobre :** lancement des *Chants du crépuscule*.

1836   31 janvier : Nisard publie son article malveillant : « M. Victor Hugo en 1836 ». **18 février :** l'Académie française préfère Dupaty à V. H. **29 décembre :** l'Académie française préfère Mignet à V. H.

1837   5 mars : mort, à Charenton, d'Eugène Hugo, devenu fou en octobre 1822. **26 juin :** publication des *Voix intérieures*.

1838   5 juillet-11 août : V. H. écrit *Ruy Blas*. **25 octobre :** V. H. vend (300 000 francs) l'exploitation de ses œuvres complètes à la société Duriez (un second contrat, définitif, sera signé le 2 septembre 1839).

1839   26 juillet : V. H. commence *les Jumeaux*, qu'il abandonne le 23 août. **28 août-25 octobre :** V. H. voyage (avec Juliette) en Alsace, en Suisse et en Provence.

1840   20 février : l'Académie française préfère Flourens à V. H. **5 mai :** V. H. publie *les Rayons et les Ombres*. **29 août-2 novembre :** V. H. voyage (avec Juliette) dans la vallée du Rhin.

1841   7 janvier : V. H. élu *à* l'Académie française, par 17 voix contre 15, à Ancelot. **3 juin :** réception à l'Académie.

1842   28 janvier : publication du *Rhin*. Du 10 septembre au 19 octobre, V. H. écrit *les Burgraves* (en février, François-Victor a fait une pleurésie, avec rechute au printemps ; sa vie a été menacée jusqu'à la fin d'août).

1843 15 février : Léopoldine Hugo épouse Charles Vacquerie. **7 mars** : première des *Burgraves*. **18 juillet** : V. H. (avec Juliette) part pour les Pyrénées. **4 septembre** : mort de Léopoldine à Villequier. **9 septembre** : revenant de Cauterets, où il a passé une quinzaine pour soigner sa gorge, V. H. apprend la mort de sa fille par la lecture d'un journal, dans un café de Rochefort. Il rentre à Paris le 12.

1844 4 septembre : première rédaction des vers *A Villequier*.

1845 13 avril : Louis-Philippe signe le décret nommant V. H. pair de France. **5 juillet** : V. H. est saisi en flagrant délit d'adultère avec Mme Biard, qui est emprisonnée. **17 novembre** : V. H. commence *les Misères* (qui deviendront *les Misérables*).

1846 21 juin : mort de Claire Pradier, unique enfant de Juliette Drouet. **Août** : Charles fait une thyphoïde.

1847 Toute l'année, avec des interruptions, V. H. travaille à son roman, *les Misères*. **Août** : François-Victor fait une thyphoïde, et sa mère, en septembre.

1848 24 février : le gouvernement provisoire abolit la pairie. **25 février** : V. H. est nommé maire provisoire du VIIIe arrondissement. **23 avril** : V. H. obtient 59 446 voix aux élections générales, mais n'est pas élu (Lamartine, premier élu à Paris, réunit 259 800 suffrages). **4 juin** : aux élections complémentaires de Paris, V. H. est élu, sur la liste de droite, avec 86 965 voix. **20 juin** : premier discours de V. H. à l'Assemblée (sur les Ateliers nationaux). **1er août** : premier numéro de *l'Événement*, qu'inspire Victor Hugo, et qui soutiendra la candidature de Louis-Napoléon Bonaparte à la présidence de la République.

1849 13 mai : V. H. élu député (conservateur) à l'Assemblée législative, par 117 069 voix. **9 juillet** : V. H. fait scandale à l'Assemblée par son discours sur la misère. **19 octobre** : V. H. consomme sa rupture avec le parti de l'Ordre par son discours sur les affaires de Rome.

1850 15 janvier : discours de V. H. à l'Assemblée contre la loi Falloux.

1851 17 juillet : violent discours de V. H. à l'Assemblée contre les desseins de Louis Bonaparte. **30 juillet** : Charles Hugo est écroué à la Conciergerie. **18 novembre** : François-Victor l'y rejoint. **2-4 décembre** : Hugo tente d'organiser la résistance au coup d'État. **11 décembre au soir** : Hugo, muni d'un passeport au nom de Lanvin, prend le train pour Bruxelles.

1852 9 janvier : Louis-Bonaparte signe le décret d'« expulsion » qui frappe V. H. **Du 12 juin au 14 juillet,** V. H. écrit

Napoléon-le-Petit. **5 août :** V. H. débarque à Jersey ; le même jour, lancement de *Napoléon-le-Petit*. **12 août :** V. H. s'installe, avec les siens, à Marine-Terrace.

1853   11 septembre : première séance de « tables mouvantes », à Marine-Terrace. **Novembre :** publication des *Châtiments*.

1854   Mars : V. H. écrit *la Fin de Satan*. Toute l'année il écrit des vers, par milliers, qui prendront place dans *les Contemplations, les Quatre Vents de l'esprit, Toute la lyre*, etc.

1855   9 avril : V. H. publie sa *Lettre à Louis Bonaparte*. **12 avril :** à cette date, V. H. a déjà écrit 1 644 vers de son poème *Dieu*. **27 octobre :** les autorités de Jersey signifient à V. H. qu'il est « expulsé » de l'île. **31 octobre :** V. H. quitte Jersey pour Guernesey.

1856   23 avril : lancement des *Contemplations*, à Paris et à Bruxelles. **Mai :** V. H. achète (pour 24 000 francs) Hauteville-House, où il entrera le 17 octobre. **7 octobre :** A. Vacquerie dit à Paul Meurice que V. H. est en train d'achever *Dieu* et *la Fin de Satan*. **Décembre :** grave maladie de sa fille Adèle.

1857   17 mars : l'éditeur Hetzel fait savoir à V. H. qu'il n'accepte pas de publier *Dieu* ni *la Fin de Satan ;* il lui demande à nouveau *les Misérables* qu'il a déjà tenté d'obtenir le 23 janvier. **11 septembre :** V. H. signe son contrat pour la publication des *Petites Épopées*. **Automne :** V. H. a écrit une partie de *l'Ane*.

1858   1er janvier : V. H. achève *la Pitié suprême*. **23 mai :** V. H. termine *l'Ane*. **Fin juin-début octobre :** V. H. souffre d'un grave anthrax qui, en juillet, a mis sa vie en péril (il a suspendu tout travail le 30 juin, et n'est sorti, pour la première fois, très affaibli, que le 4 août).

1859   Fin mai à fin octobre : V. H. écrit quantité de vers qui paraîtront, en 1865, dans les *Chansons des rues et des bois*. **18 août :** déclaration sur l'« amnistie » accordée le 15 août par Napoléon III aux proscrits républicains. V. H. se refuse à regagner la France. **26 septembre** publication de *la Légende des siècles*. **Novembre :** V. H. reprend sa *Fin de Satan*.

1860   Avril : V. H. interrompt de nouveau *la Fin de Satan* pour reprendre ses *Misérables*. **Été :** il écrit la longue « préface philosophique » (inachevée) qu'il destinait à son roman.

1861   25 mars : Hugo quitte les îles pour la première fois ; il se rend en Belgique. **30 juin :** à Mont-Saint-Jean près de Waterloo, V. H. termine *les Misérables*. **3 septembre :** V. H. regagne Guernesey. Son fils Charles reste sur le continent et ne reviendra plus partager son exil. **4 octobre :** V. H. signe,

avec l'éditeur Lacroix, le contrat des *Misérables* (300 000 francs). **25 décembre :** V. H. reçoit, à Hauteville-House, le lieutenant Pinson que sa fille Adèle tient pour son fiancé.
1862 3 avril : la première partie des *Misérables* paraît à Paris. **15 mai :** publication des deuxième et troisième parties du roman. **30 juin :** publication des deux dernières parties. **30 juillet-21 septembre :** V. H. a voyagé (les Ardennes, le Rhin). **Automne :** il prend des notes pour son roman *Quatre-vingt-Treize*. **27 décembre :** la *Bibliographie de la France* annonce les *Dessins de Victor Hugo,* gravés par Paul Chenay (avec préface de Théophile Gautier).
1863 17 juin : publication, à Paris, de *Victor Hugo raconté par un témoin de sa vie,* livre écrit par sa femme, en collaboration avec Auguste Vacquerie. **18 juin :** Adèle Hugo, qui feint d'aller retrouver sa mère à Paris, quitte Guernesey pour Londres et Halifax (Nouvelle-Écosse), dans l'espoir de se faire épouser par le lieutenant Pinson. **15 août-18 octobre :** V. H. voyage (les Ardennes, le Rhin, comme l'année précédente). **2 décembre :** V. H. achève la rédaction de *William Shakespeare.*
1864 15 avril : publication de *William Shakespeare.* **4 juin :** V. H. commence *les Travailleurs de la mer.* **15 août-26 octobre :** V. H. voyage (Ardennes, Rhénanie, Belgique).
1865 14 janvier : mort d'Émily de Putron, la fiancée de François-Victor. **18 janvier :** Mme Hugo quitte Guernesey, avec François-Victor ; ils vivront désormais, tous trois, elle et ses deux fils, à Bruxelles. **29 avril :** V. H. termine *les Travailleurs de la mer.* **18-24 juin :** V. H. écrit *la Grand-Mère.* **28 juin :** V. H. se rend en Belgique. **5 août-25 septembre :** V. H. voyage (Ardennes, Rhénanie). **17 octobre :** V. H. assiste, à Bruxelles, au mariage de son fils Charles avec Alice Lehaene. **25 octobre :** lancement des *Chansons des rues et des bois.* **30 octobre :** V. H. rentre à Guernesey.
1866 5 février-29 mars : V. H. écrit *Mille Francs de récompense.* **12 mars :** publication des *Travailleurs de la mer.* **7-16 mai :** V. H. écrit l'*Intervention.* **20 juin :** V. H. se rend en Belgique. **21 juillet :** à Bruxelles, place des Barricades, V. H. commence *L'homme qui rit.* **7 octobre :** V. H. quitte la Belgique pour regagner Guernesey.
1867 18 janvier : Mme Hugo vient passer six semaines à Hauteville-House qu'elle avait quittée deux ans plus tôt, jour pour jour. **31 mars :** naissance, à Bruxelles, de Georges Hugo, premier petit-fils. **27 avril :** V. H. achève *Mangeront-ils,* qu'il a commencé en janvier. **Mai :** publication de *Paris-Guide.* **20 juin :** reprise d'*Hernani* à Paris. **19 juillet :** V. H. arrive à Bruxelles. **25 juillet :** baptême de Georges.

18-24 août : V. H. fait un bref voyage en Zélande. **29 août-11 septembre :** séjour à Chaudfontaine, pour la santé de Mme Hugo. **7 octobre :** V. H. repart pour Guernesey. **16-18 novembre :** V. H. écrit dans *la Voix de Guernesey* (sur la bataille de Mentana). **4 décembre :** V. H. reprend la rédaction de *L'homme qui rit.* **5 décembre :** le gouvernement impérial interdit la reprise de *Ruy Blas* à l'Odéon.

1868   14 avril : mort du petit Georges (méningite). **30 juillet :** V. H. rejoint les siens à Bruxelles. **16 août :** naissance du second Georges. **23 août :** V. H. termine *L'homme qui rit.* **27 août :** mort de Mme Hugo, qui avait été frappée d'une attaque le 25. **9 octobre :** V. H. rentre à Guernesey.

1869   21 janvier-24 février : V. H. écrit *l'Épée.* **21 avril-7 mai :** publication des quatre tomes de *L'homme qui rit.* **1er mai :** lancement, à Paris, du *Rappel,* où écrivent les deux fils du poète. **1er mai-21 juin :** V. H. écrit *Torquemada.* **14-22 juillet :** V. H. écrit *Welf, Castellan d'Osbor* (qu'il destine alors à son *Théâtre en liberté).* **5 août :** V. H. se rend en Belgique. **11 septembre :** V. H. quitte Bruxelles pour se rendre en Suisse, par Strasbourg et Bâle. **14-18 septembre :** V. H. préside, à Lausanne, le Congrès de la paix. **29 septembre :** naissance de Jeanne. **1er octobre :** V. H. rentre à Bruxelles. **5 novembre :** V. H. rentre à Guernesey.

1870   2 février : reprise, à Paris, de *Lucrèce Borgia.* Depuis novembre 1869 jusqu'en juillet 1870, V. H. écrit quantité de vers qui seront publiés dans *les Années funestes* et dans *Toute la lyre.* **15 août :** V. H. se rend en Belgique. **5 septembre :** à 9 h 35 du soir, V. H. arrive à Paris. **9 septembre :** *Appel aux Allemands.* **17 septembre :** *Appel aux Français.* **2 octobre :** *Appel aux Parisiens.* **20 octobre :** lancement de la première édition française des *Châtiments.*

1871   13 février : à midi, V. H. part avec les siens pour Bordeaux où va se réunir l'Assemblée nationale. Il y arrive le 14. Il a été élu député de Paris, le 8, par 214 169 voix. **8 mars :** V. H. donne, en pleine séance, sa démission de député. **13 mars :** mort subite, à Bordeaux, de Charles Hugo. **18 mars :** obsèques de Charles Hugo, à Paris. **21 mars :** V. H. se rend à Bruxelles. **30 mai :** V. H. est expulsé de Belgique et se rend au Luxembourg (liaison avec Marie Garreau). **2 juillet :** V. H. est battu aux élections ; il n'obtient que 57 854 voix. **25 septembre :** V. H. rentre à Paris.

1872   7 janvier : V. H. est battu de nouveau aux élections ; il obtient 95 900 voix. **Février :** Adèle, démente, est ramenée de la Barbade et internée à Saint-Mandé. **20 avril :** publication de *l'Année terrible.* **7 août :** départ pour Guernesey. **16 décembre :** V. H. commence *Quatrevingt-Treize.*

1873 Avril : Blanche, femme de chambre de Juliette Drouet, devient la maîtresse de V. H. **9 juin :** V. H. termine *Quatrevingt-Treize*. **31 juillet :** V. H. rentre à Paris. **23 septembre :** Juliette Drouet s'enfuit (à cause de Blanche). **28 septembre :** Juliette revient. Promesses faites par V. H. **26 décembre :** mort de François-Victor, malade depuis plus d'un an.

1874 20 février : lancement de *Quatrevingt-Treize*. **17 mai :** V. H. termine *Mes fils*, qui paraîtra en octobre.

1875 29 mars : discours sur la tombe d'Edgar Quinet. **19-27 avril :** séjour à Guernesey. **Juin :** publication du premier volume d'*Actes et Paroles (Avant l'exil)*. **Novembre :** publication du deuxième volume d'*Actes et Paroles (Pendant l'exil)*.

1876 30 janvier : V. H. est élu sénateur de Paris. **8 mars :** V. H. siège au Sénat pour la première fois. **22 mai :** intervention de V. H. au Sénat pour l'amnistie en faveur des communards. **Juillet :** publication du troisième volume d'*Actes et Paroles (Depuis l'exil)*.

1877 26 février : publication de la deuxième série de *la Légende des siècles*. **3 avril :** Alice, veuve de Charles, épouse Lockroy. **12 mai :** publication de *l'Art d'être grand-père*. **10 octobre :** publication de la première partie de l'*Histoire d'un crime*. (Depuis 1873, V. H. a écrit, presque sans cesse, des pièces de vers de toutes sortes, dont une faible partie a trouvé place en février 1877 dans la deuxième série de *la Légende des siècles* ; les autres paraîtront dans *les Quatre Vents de l'esprit, Toute la lyre*, etc.)

1878 15 mars : publication de la deuxième partie de l'*Histoire d'un crime*. **29 avril :** publication du *Pape*. **30 mai :** discours sur Voltaire. **17 juin :** discours d'ouverture au Congrès littéraire international, que V. H. préside. **21 et 22 juin :** vers en l'honneur de Blanche. Dans la **nuit du 27 au 28 juin,** V. H. subit une congestion cérébrale. **4 juillet :** départ pour Guernesey. **13 octobre :** rechute. **9 novembre :** V. H. regagne Paris. **10 novembre :** V. H. s'installe avenue d'Eylau, son dernier domicile. (A partir du **28 juin 1878,** V. H. cesse, pratiquement, d'écrire.)

1879 Février : publication de *la Pitié suprême*. **28 février :** nouvelle intervention, au Sénat, en faveur de l'amnistie. **28 août-20 septembre :** V. H. séjourne au bord de la Manche, à Veules, puis à Villequier.

1880 26 février : V. H. assiste à un banquet, à l'hôtel Continental, en l'honneur du cinquantenaire d'*Hernani*. **Avril :** publication de *Religions et Religion* (écrit en 1870). **3 juillet :**

dernier effort de V. H. au Sénat pour tenter d'obtenir le vote de l'amnistie. **24 octobre :** publication de *l'Ane*.

1881 **27 février :** grande manifestation sous les fenêtres de V. H., qui vient d'entrer dans sa quatre-vingtième année. **4 mars :** les sénateurs se lèvent, unanimement, en son honneur. **31 mai :** publication des *Quatre Vents de l'esprit*. **31 août :** dispositions testamentaires de V. H. prescrivant la remise de tous ses manuscrits à la Bibliothèque nationale.

1882 **26 mars :** V. H. soupe, à minuit et demi, avec les interprètes de *Quatrevingt-Treize ;* il se retire à 3 h du matin. **Fin mai :** publication de *Torquemada*. **18 décembre :** V. H. offre un banquet aux interprètes du *Roi s'amuse* (la pièce a été reprise le 22 novembre).

1883 **11 mai :** mort de Juliette Drouet. **9 juin :** publication du tome III de *la Légende des siècles*. **2 août :** dispositions testamentaires (« Je refuse l'oraison de toutes les églises ; je demande une prière à toutes les âmes. Je crois en Dieu »). **12 août :** V. H. arrive à Villeneuve, sur le Léman, et descend à l'hôtel Byron. **Octobre :** publication de *l'Archipel de la Manche*.

1884 Pendant l'été, voyage en Suisse. **25 septembre :** courte allocution aux écoliers de Veules.

1885 **Vendredi 15 mai :** V. H. est atteint d'une congestion pulmonaire. **Vendredi 22 mai :** il expire, à 13 h 27. **1er juin :** funérailles nationales.

Notes

1. Fragment du journal de sa fille Adèle (été 1855 ; François-Victor, le fils cadet, lit tout haut les journaux qui viennent d'arriver et commente les nouvelles) : « Pendant que tout le monde est haletant, mon père n'écoute pas et reste absorbé. Il a remarqué que le plat d'asperges est mal dressé ; les queues et les gros bouts sont mêlés. Cette observation le consterne... François-Victor passe de la Crimée à la France. Il parle de la cherté des vivres et de la récolte qui s'annonce mal. Mon père reste plongé dans ses asperges. Charles a beau le secouer par une brusque apostrophe, il résiste à la conversation et déclare que la situation des asperges l'intéresse plus que l'éternelle bataille autour de Malakoff et que la mauvaise récolte. Explosion générale. »

2. Ses papiers intimes révèlent, pour l'année 1838, une curieuse note, inquiétante, et qui eût fait hocher la tête aux hommes graves : « On me dit : — Fermez cette porte ! Vous voyez bien que n'importe qui ou n'importe quoi peut entrer : un coup de vent, une femme... Je me suis recueilli un instant, puis je me suis tourné vers celui qui me donnait cet absurde conseil, et j'ai dit : — Ne fermez pas cette porte ! Et j'ai ajouté : — Entrez ! »

3. Cuvillier-Fleury, dans *le Journal des débats* du 16 juin 1850, notera avec une aigreur ricanante qu'il y eut une période où « M. Hugo sembla prendre en patience les injustices de la société » ; « ce moment, ajoute Cuvillier-Fleury, correspond assez exactement à celui où M. Victor Hugo devint académicien et pair de France ».

4. Lettre à sa femme, 5 janvier 1852 : « Que mes fils n'oublient pas cet axiome de ma vie : c'est parce qu'on a su être prudent qu'on peut être courageux. »

5. Le 26 novembre 1862, Hugo note dans son carnet intime : « Pauvre Chougna, anniversaire » ; il la reverra en rêve, en décembre 1863.

6. Le 17 avril 1852, de Bruxelles, dans une lettre à Théophile Gautier : « Vous savez que je hais le piano, mais [etc.]. »

7. Le Journal de Hugo, en janvier 1848, nous fournit deux notes qu'on ne cite jamais, et que voici : « 13 janvier. J'ai parlé à la Chambre hors de propos et sans succès » ; « 30 janvier. Lamartine a fait hier un magnifique discours sur le sujet que j'ai manqué : l'Italie. »

8. Mariette deviendra folle, subitement, en 1879.

9. Au début, en 1854, il confiait aux siens quelques-uns de ces « phénomènes mystérieux » ; le journal de sa fille en fait foi. Puis il prit le parti de se taire là-dessus. Pourtant, il en dit un mot, un jour, au jeune Stapfer, à Guernesey.

10. Cf. *Océan*, p. 217 : « Voici ce que disait le vieux gentleman. »

11. Cf. *ibid.*, p. 364 : « Chaque fois que l'humanité descend, disent les hommes du passé... »

12. Hugo n'hésitera pas, on le sait, devant une allusion inutile à la mère de Louis Veuillot ; et voici, en guise d'échantillon, les aménités qu'on relève dans la pièce sans titre du 18 décembre 1872 (Reli-

quat des *Châtiments*) contre un évêque, qui soit être Mgr de Ségur :
« drôle », « gueux », « idiot », « imbécile », « misérable », « bonhomme affreux », « imposteur », « maroufle », « jocrisse »,
« bobèche en chasuble », « gredin », « bélître ».

13. Titre définitif : *Mentana*.

14. L'un des thèmes de Montalembert dans ses diatribes contre
Hugo est la servilité qu'il lui impute à l'égard de tous les succès.
« Voici ce que je prédis, s'exclamait l'orateur catholique, le 22 mai
1850 : si jamais, dans ce pays-ci, il s'élève un despotisme quelconque.
M. Victor Hugo sera le premier à le flatter ; il essaiera de faire
respirer à ce despotisme futur l'encens qu'il offre aujourd'hui à l'ouvrier. » Imprudent Montalembert ! Décembre 1851 verra Victor
Hugo risquer sa tête dans la résistance au coup de force, et Montalembert acclamer Bonaparte.

15. Ce personnage, qui s'appelait en réalité Arsène François
Chaize de Cahagne, et qui écrivait sous le pseudonyme d'Arsène de
Cey, avait publié, en 1833, un « roman de mœurs », *la Fille du curé*,
et fait jouer un certain nombre de comédies.

16. Cahagne de Cey rapporte ensuite que Victor Hugo se mit à
démolir, de ses propres mains, les barricades enlevées, parmi les
gardes mobiles et les gardes nationaux, mais à peine ce travail était-
il entrepris que les insurgés revinrent en force. Il fallut battre en
retraite, en emmenant les prisonniers.

17. Ainsi pensait, de son côté, Ozanam, lui aussi soldat des forces
de l'Ordre pendant ces sombres journées.

18. De *L'homme qui rit*, également : « Il est bien doux de faire
une action juste qui est désagréable à quelqu'un qu'on n'aime pas. »
(Dans le même ouvrage, il y a une analyse de l'ingratitude et du
caractère intolérable de la reconnaissance, qui eût beaucoup intéressé J.-J. Rousseau.)

19. « La coïncidence d'un affaiblissement avec un agrandisse-
ment, tout homme a pu l'observer en soi. » Et ceci : « Ce que, dans
la vie, on appelle monter, c'est passer de l'itinéraire calme à l'itinéraire inquiétant. »

20. Le livre de Léon Daudet (*la Tragique Existence de Victor
Hugo)* est de 1937. Mais Daudet préférait ignorer ce qui ne convenait pas à ses thèses.

21. Articles du 15 octobre et du 1er novembre 1923.

22. En 1866, Hugo laissera passer sans la saisir une offre prodigieuse. Millaud, directeur du *Soleil*, lui propose 500 000 francs (c'est-
à-dire à peu près cent cinquante millions de 1951) s'il consent à lui
donner, pour son quotidien, *les Travailleurs de la mer*, qui y paraîtront en feuilleton avant le lancement de l'ouvrage en librairie. C'est
tentant. Hugo refuse, « ma conscience littéraire, écrit-il tristement à
Millaud le 27 février 1866, me force à baisser pudiquement les yeux
devant un demi-million ». Si cet homme est avare, il est, en tout
cas, peu cupide.

23. Les dettes que Mme Hugo laissera à sa mort — sans jamais les
avoir avouées à son mari — n'étaient pas minces, atteignant quelque
15 000 francs (quatre millions et demi de 1951).

24. « Qui n'a pas été capable d'être pauvre n'est pas capable d'être riche », écrit Hugo dans le *Post-scriptum de ma vie*.

25. On s'accordait, jusqu'ici, à dire huit années : de 1822 à 1830. Mais un texte de mai 1828 révèle qu'à cette date Hugo souffre et se trouble, à cause d'Adèle.

26. Cf. dans *Tas de pierres* : « Il y a entre l'ami de la maison et le bonheur du ménage le rapport du diviseur au quotient. »

27. Cf. la chanson qu'on lit dans *les Misérables* (V, V, II).

28. Encore l'un de ces aveux dont son œuvre abonde, il s'agit d'une grande douleur, d'un coup terrible du destin (dans sa pensée, très certainement la tragédie du 4 septembre 1843, la mort de Léopoldine) ; l'homme, dit-il est protégé du désespoir quand de pareils chocs l'atteignent à l'âge encore où « le sang est chaud », où « les cheveux sont noirs », où « toutes les femmes sont là » (*les Misérables*, IV, XV, I).

29. Sous le nom de Gabonus, dans *Toute la lyre* ; et cf. dans *Torquemada*, sous le nom du roi : « J'aime affreusement les femmes [...]. »

30. « Suicide » ; car son médecin l'a conjuré, après son attaque de juin 1878, de renoncer le plus possible, sous peine de mort, à ces plaisirs dont il ne parvient point à se passer.

31. Cf. l'article de G. Stiegler dans *le Figaro* du 5 mai 1893. Stiegler avait reçu les confidences de Marie Garreau : « Il me vantait — disait-elle en parlant de Hugo — tout ce que nous avions aimé, mon mari et moi : la liberté, la justice, la République... Il me disait que les âmes sont immortelles et que nous nous reverrions au ciel. »

32. Pour elle, les vers *En Grèce*, et *Archiloque*, et *Hermine*, et *Nuda* d'*Océan*. Le reliquat du *Théâtre en liberté* (p. 525) nous fournit un document bien curieux. Le titre en est : *Philémon perverti* ; c'est l'histoire de Philémon tenté et qui s'ébroue, frétille :

Prendre une jeune au lieu de la vieille qu'on a,
Manger de la chair fraîche avec du bon pain tendre [...]
Je suis que je vais être une horrible canaille...

Il suit Églé et son sourire, rentre au logis et trouve Baucis morte. « La nuit tombe sur le vieux... »

33. Dans *Notre-Dame de Paris*, où apparaît pour la première fois ce thème de la fatalité qui dominera tous les romans de Victor Hugo, on voit Claude Frollo établir cette équation sinistre : 'ΑΝΑΤΚΗ = 'ΑΝΑΓΝΕΙΑ.

34. *Mes fils*.

35. En août 1846, typhoïde de Charles ; en août 1847, typhoïde de François-Victor.

36. Et comme Hugo a eu pour « parrain » (civil) l'homme qui allait devenir l'amant de sa mère, ainsi sa fille Adèle sera la filleule de Sainte-Beuve.

37. A-t-on noté que *Déa*, le nom que porte celle qu'adore Gwynplaine, est l'anagramme partiel d'*Adèle* ? « Ô infortuné ! » entre elle et lui « il avait laissé se faire l'écart » (*L'homme qui rit*, II, IX, II) ; c'est pour avoir cédé à l'ambition que Gwynplaine a perdu Déa. Qui

sait si Hugo ne s'est pas accusé d'avoir donné à Adèle le sentiment qu'il lui préférait sa carrière, les applaudissements, la gloire ? Il est hors de doute, en tout cas, que Sainte-Beuve a usé auprès d'elle de cet argument pour la détacher de son mari (à l'occasion d'*Hernani* notamment).

38. C'est le 3 avril 1877 qu'Alice, la veuve de Charles, était devenue Mme Lockroy. Un mois avant, le 13 mars, Hugo avait noté sur son carnet ces quelques mots : « Il y a aujourd'hui six ans que tu es mort, mon Charles. Pas dans mon cœur. »

39. Hugo s'était beaucoup privé pour les siens. L'un de ses grands désirs de jeunesse avait été de voyager au loin. (« Quand vous verrai-je, Espagne, Venise, Rome, Sicile, Égypte ? ») Il a renoncé à ces rêves afin de conserver à ses enfants l'argent qu'il aurait employé à ces longs voyages. Et quand, à Jersey, il demande à sa famille de vivre plus étroitement, on murmure, on obéit mal ; cf. dans *les Travailleurs de la mer* (III, I, i) : « La table de famille est silencieuse. Vous vous figurez qu'autour de vous on vous en veut. Les visages aimés sont soucieux. Voià ce que c'est que de décroître. »

40. Cf. cette note secrète, sans date, qui paraît être de l'été 1861 : « Oh ! je crois, je crois profondément. Je ne verrai jamais les mains d'un petit enfant sans chercher à les joindre vers Dieu. Je crois à l'âme. Je crois au moi libre, persistant et responsable... je crois, mon Dieu ; je crois, ma fille. J'espère, j'adhère... »

41. Et le *videre* latin a la même origine.

42. « Aucun écrivain, en France, n'est plus inconnu que Victor Hugo », écrivait François Mauriac dans *le Figaro* du 11 juillet 1945.

43. A cette faune ténébreuse ajoutons deux spécimens inédits : « Le cheval rêve ouvrant ses naseaux furieux » ; et ceci :

> Le noir taureau folie à travers sa raison
> S'est rué [...].

44. Un « bon point » qu'il avait lui-même confectionné pour Georges, et que j'ai eu entre les mains, porte l'inscription suivante : « Analyse du *Pater noster*. Bon pour cinquante centimes. »

45. Dans l'un des derniers carnets du poète apparaît cette note singulière : « 15 août 1882. Assomption. Sainte-Marie. Ma fête. »

46. Renan, qui considérait Hugo d'un œil mi-clos, doucereusement narquois, n'avait pas dû goûter beaucoup cette phrase des *Misérables* (I, III, ii) : « Il doutait supérieurement de toutes choses, grande force aux yeux des faibles. »

47. *Post-scriptum de ma vie.*

48. Lettre du 4 mai 1856.

49. Lettre du 17 avril 1864.

50. Renan, plus habile, et jugeant que le parti ne pouvait aisément se priver d'un tel répondant, avait eu soin de feindre, dans son article nécrologique sur Hugo, une hésitation, véritablement savoureuse après *Religions et Religion*, *l'Ane*, *le Pape* et la troisième série de *la Légende des siècles :* « Était-il spiritualiste ? Était-il matérialiste ? Je l'ignore. » On trouverait difficilement plus bel exemple d'audace tranquille dans l'imposture.

51. Cf. *la Gazette de France* du 14 novembre 1880.

52. A relire l'avant-propos de l'ouvrage d'Edmond Biré (je me rappelle l'enthousiasme avec lequel notre professeur de rhétorique, au lycée de Mâcon, nous recommandait la lecture de ce livre qui, disait-il, avait « cassé les reins à Hugo »), on découvre, avec amusement mais sans surprise, qu'il doit son origine aux conseils mêmes de M. de Falloux. A joindre à l'inoubliable portrait de Falloux tracé par Huysmans dans *A rebours*, ce croquis dessiné par Victor Hugo : « Chef paisible des choses souterraines, face sinistre et douce, avec le sourire de la rage. » Dans la guerre du parti de l'Ordre contre Victor Hugo, M. de Falloux constitue le pendant exact de D'Alembert (comme lui doucereux, masqué, et fou de haine, mais déléguant toujours autrui à ses besognes) dans la guerre des philosophes contre Jean-Jacques Rousseau.

53. Cf. « Les variations de la gloire », dans *la Revue de Paris* du 1er novembre 1922.

54. Et que dire de ces insolences sur les loteries de charité ?

Soyez plus émus, je vous prie.
Voyez ! c'est pathétique : un crible, un arrosoir,
Un livre à réciter les prières du soir,
Fleurs en papier, carrés à mettre sous les lampes,
Paquets de cure-dents [...]
Mille objets merveilleux que des gens bienfaisants [...]
Se décident soudain — exemple aux âmes dures —
A répandre à grands flots sur les pauvres en pleurs.

55. M. Batault, par une sotte inadvertance, oubliait le juif Jésus-Christ.

56. *L'Action française* du 15 octobre 1899.

57. Dans une lettre à Louise Colet, du 1er juin 1854, il s'appelle « citoyen du ciel bleu ».

58. Ce n'est pas le lieu d'étudier de près et en détail la pensée religieuse de Hugo. Qu'on me permette seulement de dire à quel point Claudel, à mon sens, se trompe lorsqu'il ne voit en Victor Hugo qu'un témoin dramatique de « cette ombre que fait [dans une âme] l'absence de Dieu ». Hugo ne sait pas *qui* est Dieu, mais son cœur se jette vers cet Inconnu comme la soif vers la source (cf. ce qu'il dit dans *les Misérables* de ces êtres « tournés vers la clarté qu'on ne voit pas, ayant seulement le bonheur de penser qu'ils savent où elle est »). Hugo, créature non baptisée, m'apparaît comme quelqu'un d'à demi aveugle, qui se soulève pesamment à travers des épaisseurs de nuit, et avec toute la force dont il est capable, vers une lumière qu'il entrevoit ; quelqu'un qui se travaille vers la profération d'un symbole et qui ne sait que dire — mais passionnément — oui ; quelqu'un qui ne lâche pas, dans cette ombre où il est, la frange d'un manteau.

59. Ne pas « y mettre bon ordre », comme dit l'autre.

60. Et le non au mal, « une voix opiniâtre dans le tumulte triomphal des iniquités régnantes » — le devoir de l'homme qui aime Dieu étant comme il le peut, en face des « propriétaires d'hommes », de « faire un peu obstacle, de montrer de la mauvaise volonté, d'appor-

ter quelque empêchement » et de refaire, à temps et à contretemps,
« le plus haut possible, la leçon du juste et de l'injuste ».

61. Ce titre n'est pas de Hugo.

62. Ce titre n'est pas de Hugo.

63. Ce titre n'est pas de Hugo.

64. Ce titre n'est pas de Hugo.

65. Ce titre n'est pas de Hugo.

Bibliographie

La présente bibliographie a été remise à jour par Evelyne Blewer (1988).

Le lieu de l'édition n'est indiqué que lorsque l'ouvrage n'a pas paru à Paris.

Études générales

Aragon L., *Avez-vous lu Victor Hugo ?* Anthologie poétique commentée, Éditeurs français réunis, 1952.

Barrère J.-B., *Victor Hugo à l'œuvre. Le poète en exil et en voyage*, C. Klincksieck, 1965 ; *Victor Hugo, l'homme et l'œuvre*, Boivin, 1952, rééd. SEDES, 1984.

Baudouin Ch., *Psychanalyse de Victor Hugo*, Genève, Éd. du Mont-Blanc, 1943, rééd. Armand Colin, 1972.

Berret P., *Victor Hugo*, Garnier, 1927.

Biré Éd., *Victor Hugo avant 1830*, J. Gervais, 1883 ; *Victor Hugo après 1830*, Perrin, 1891 ; *Victor Hugo après 1852*, Perrin, 1894.

Claudel P., « Digression sur Victor Hugo », *Positions et Propositions*, I, Gallimard, 1928.

Dubois P., *Bio-bibliographie de Victor Hugo, de 1802 à 1825*, Champion, 1913.

Gautier Th., *Victor Hugo*, recueil d'articles, Fasquelle, 1902.

La Fin du siècle. Tombeau de Victor Hugo, ouvrage collectif, préface de H. Guillemin, Quintette, 1985.

La Gloire de Victor Hugo, catalogue d'exposition sous la direction de P. Georgel, Galeries nationales du Grand Palais, Réunion des musées nationaux, 1985.

Laster A., *Pleins Feux sur Victor Hugo*, Comédie-Française, 1981.

Legay T., *Victor Hugo jugé par son siècle*, Éd. de la Plume, 1902.

Magazine littéraire, numéro spécial sur Victor Hugo, janvier 1985.

Mallion J., *Victor Hugo et l'Art architectural*, PUF, 1962.

Meschonnic H., *Pour la poétique*, IV, *Écrire Hugo*, Gallimard, 1977.

Renouvier Ch., *Victor Hugo le poète*, Armand Colin, 1893.

Souchon P., *Victor Hugo*, J. Tallandier, 1949.

Venzac G., *Les Premiers Maîtres de Victor Hugo*, Bloud et Gay, 1955.

Victor Hugo et la Grande-Bretagne, actes du colloque Vinaver à l'université de Manchester, édités par A.R.W. James, Liverpool, Francis Cairns, 1985.

Études particulières

L'homme et sa vie

Asseline A., *Victor Hugo intime*, C. Marpon et E. Flammarion, 1885.

Audiat P., *Ainsi vécut Victor Hugo*, Hachette, 1947.

Bourg T. et Wilhelm F., *Le Grand-Duché de Luxembourg dans les carnets de Victor Hugo*, Luxembourg, RTL, s.d.

Chenay P., *Victor Hugo à Guernesey*, F. Juven, 1902.

Decaux A., *Victor Hugo*, Perrin, 1984.

Delalande J., *Victor Hugo à Hauteville-House*, Albin Michel, 1947.

Drouet J., *Lettres à Victor Hugo (1833-1882)*, préface de J. Gaudon, édition de E. Blewer, Har-Po, 1985 ; *Mille et Une Lettres d'amour*, édition de P. Souchon, Gallimard, 1951.

Escholier R., *Un amant de génie, Victor Hugo*, Fayard, 1953.

Flottes P., *L'Éveil de Victor Hugo, 1802-1822*, Gallimard, 1957.

Fontaney A., *Journal intime*, avec introduction et notes de R. Jasinski, Les Presses françaises, 1925.

Gasiglia D., *Victor Hugo, sa vie, son œuvre*, album illustré, Frédéric Birr, 1984.

Guillemin H., *L'Humour de Victor Hugo*, Neuchâtel, La Baconnière, 1950 ; *Hugo et la Sexualité*, Gallimard, 1954.

Guimbaud L., *La Belle-Famille de Victor Hugo. Souvenirs de Pierre Foucher, 1772-1845*, Plon, 1929 ; *Victor Hugo et Juliette Drouet*, Blaizot, 1914, rééd. 1927 ; *Victor Hugo et Madame Biard*, Blaizot, 1927.

Hugo Adèle, *Victor Hugo raconté par Adèle Hugo*, édition sous la direction d'A. Ubersfeld et de G. Rosa, Plon, 1985 ; *Victor Hugo raconté par un témoin de sa vie*, Lacroix, 1863, plusieurs rééditions.

Hugo Ch., *Les Hommes de l'exil*, A. Lemerre, 1875 ; *Victor Hugo en Zélande*, Michel-Lévy, 1868.

Juin H., *Victor Hugo*, Flammarion, 1980-1986, 3 vol.

Laster A., *Victor Hugo*, album illustré, P. Belfond, 1984.

Lesclide J., *Victor Hugo intime*, F. Juven, 1902.

Lesclide R., *Propos de table de Victor Hugo*, E. Dentu, 1885.

Maurois A., *Olympio, ou la vie de Victor Hugo*, Hachette, 1954, Marabout, nombreuses rééditions.

Miquel P., *Hugo touriste, 1819-1824*, La Palatine, 1958.

Pavie A., *Médaillons romantiques*, Émile-Paul, 1909.

Rivet G., *Victor Hugo chez lui*, M. Dreyfous, 1874.

Roger des Genettes Mme, « Une visite à Victor Hugo en 1839 », *La Revue des deux mondes*, 15 février 1929.

Stapfer P., *Victor Hugo à Guernesey. Souvenirs personnels*, Société française d'imprimerie et de librairie, 1905.

L'écrivain

Albouy P., *La Création mythologique chez Victor Hugo*, Corti, 1963.

Barrère J.-B., *La Fantaisie de Victor Hugo*, Corti, 1949, 1950, 1960, 3 vol.

Berenice numéro spécial sur Victor Hugo, Rome, juillet 1986.

Berret P., *Le Moyen Age dans La Légende des siècles et les sources de Victor Hugo*, Henry Paulin, s.d.

Brombert V., *Victor Hugo et le Roman visionnaire*, PUF, 1984.

Europe, numéros spéciaux sur Victor Hugo, 15 juin 1935, mars 1985.

Gaudon J., *Hugo dramaturge*, Jean-Jacques Pauvert, 1955, rééd. sous le titre *Victor Hugo et le Théâtre. Stratégie et Dramaturgie*, Suger, 1985 ; *Le Temps de la contemplation*, Flammarion, 1969, rééd. sous le titre *Victor Hugo. Le Temps de la contemplation*, 1985.

Gély C., *Victor Hugo, poète de l'intimité*, Nizet, 1969.

Guiard A., *La Fonction du poète, étude sur Victor Hugo*, Bloud, 1910 ; *Virgile et Victor Hugo*, Bloud, 1910.

Hugo, de l'écrit au livre, ouvrage collectif réuni et présenté par B. Didier et J. Neefs, Presses universitaires de Vincennes, 1987.

Hugo le fabuleux, actes du colloque de Cerisy, Seghers, 1985.

L'homme qui rit, ou la parole monstre de Victor Hugo, ouvrage collectif, SEDES, 1985.

La Pensée, numéro spécial sur Victor Hugo, mai-juin 1985.

Le Rhin. Le Voyage de Victor Hugo en 1840, catalogue d'exposition de la Maison de Victor Hugo, sous la direction de J. Gaudon avec la collaboration d'E. Blewer, Paris-Musées, 1985.

Lire Les Misérables, ouvrage collectif réuni et présenté par A. Ubersfeld et G. Rosa, Corti, 1985.

Lote G., *En préface à Hernani. Cent ans après,* J. Gamber, 1930, rééd. E. Droz, 1935.

Revue d'histoire littéraire de la France, numéro spécial sur Victor Hugo, novembre-décembre 1986.

Trousson R., *Le Tison et le Flambeau. Victor Hugo devant Voltaire et Rousseau,* Bruxelles, éditions de l'université de Bruxelles, 1985.

Ubersfeld A., *Le Roi et le Bouffon,* Corti, 1974.

Zumthor P., *Victor Hugo, poète de Satan,* Laffont, 1946.

L'artiste

Cornaille R. et Herscher G., *Victor Hugo dessinateur,* préface de G. Picon, Lausanne, La Guilde du livre, 1963, rééd. Gallimard, 1985.

Dessins de Victor Hugo, catalogue de la Maison de Victor Hugo, Paris-Musées, 1985.

Dessins de Victor Hugo, catalogue d'exposition du musée Victor-Hugo et de la Maison de Victor Hugo par P. Georgel, Villequier, musée Victor-Hugo, 1971.

Drawings by Victor Hugo, catalogue d'exposition du Victoria and Albert Museum par P. Georgel, Londres, Victoria and Albert Museum, 1974.

Georgel P., *Les Dessins de Victor Hugo pour Les Travailleurs de la mer,* introduction de R. Pierrot, Herscher, 1985.

Lafargue J., *Victor Hugo. Dessins et lavis,* Hervas, 1983.

Sergent J., *Dessins de Victor Hugo,* La Palatine, 1955.

Soleil d'encre. Dessins et manuscrits de Victor Hugo, catalogue d'exposition de la Bibliothèque nationale, sous la direction de R. Pierrot, J. Petit et M.-L. Prévost, Bibliothèque nationale et Paris-Musées, 1985.

Victor Hugo. Théâtre de la Gaîté, choix de dessins présenté par R. Journet et G. Robert, Les Belles Lettres, 1961.

Victor Hugo. Trois Albums, présentés par R. Journet et G. Robert, Les Belles Lettres, 1963.

Sa pensée philosophique et religieuse

Barrère J.-B., *Victor Hugo,* Desclée De Brouwer, 1965.

Berret P., *La Philosophie de Victor Hugo, 1854-1859,* H. Paulin, 1920.

Buchanan D.W., *Les Sentiments religieux de Victor Hugo de 1825 à 1848,* Besançon, Impr. de l'Est, 1939.

Ce que disent les tables parlantes. Victor Hugo à Jersey, édition et présentation de J. Gaudon, Jean-Jacques Pauvert, 1963.

Dubois P., *Victor Hugo. Ses idées religieuses de 1802 à 1825*, H. Champion, 1913.

Grillet C., *La Bible dans Victor Hugo*, Lyon, Vitte, 1910 ; *Victor Hugo spirite*, Lyon, Vitte, 1928.

Heugel J., *Essai sur la philosophie de Victor Hugo du point de vue gnostique*, Calmann-Lévy, 1922.

Levaillant M., *La Crise mystique de Victor Hugo (1843-1856)*, Corti, 1954.

Renouvier Ch., *Victor Hugo le philosophe*, Armand Colin, 1900.

Saurat D., *La Religion de Victor Hugo*, Hachette, 1929.

Simon G., *Chez Victor Hugo. Les tables tournantes de Jersey*, Conard, 1923, 3e éd.

Venzac G., *Les Origines religieuses de Victor Hugo*, Bloud et Gay, 1955.

Viatte A., *Victor Hugo et les Illuminés de son temps*, Montréal, Éd. de l'Arbre, 1942.

Sa politique

Angrand P., *Victor Hugo raconté par les papiers d'État*, Gallimard, 1961.

Garsou J., *L'Évolution démocratique de Victor Hugo (1848-1851)*, Émile-Paul, 1904 ; *L'Évolution napoléonienne de Victor Hugo sous la Restauration*, Émile-Paul, 1900.

Lacretelle P. de, *La Vie politique de Victor Hugo*, Hachette, 1928.

Mazade Ch. de, « De la démocratie en littérature », *La Revue des deux mondes*, 1er mars 1850.

Meyer E., *Victor Hugo à la tribune. Les grands débats parlementaires de l'Assemblée législative*, Chambéry, Impr. chambérienne, 1927.

Pelletan C., *Victor Hugo homme politique*, P. Ollendorff, 1907.

Saurat D., *La Littérature et l'Occultisme. Victor Hugo et les dieux du peuple*, La Colombe, 1948.

Œuvres de Victor Hugo

Sauf exception, toutes les éditions qui suivent sont disponibles en librairie.

Éditions d'œuvres complètes

Œuvres complètes, édition dite « de l'Imprimerie nationale », P. Ollendorff, puis Albin Michel, 1904-1952, 45 vol., épuisée.

Œuvres complètes, édition chronologique sous la direction de J. Massin, Club français du livre, 1967-1971, 18 vol., épuisée.

Œuvres complètes, édition sous la direction de J. Seebacher, assisté de G. Rosa, Laffont, coll. « Bouquins », 1985, 13 vol. parus

Éditions partielles

Poésie

Châtiments, éd. de J. Seebacher, Flammarion, coll. « GF ».

Dieu, éd. de R. Journet et G. Robert, Nizet, 1961, 2 vol.

L'Année terrible, éd. de Y. Gohin, Gallimard, coll. « Poésie ».

L'Art d'être grand-père, éd. de B. Leuilliot, Flammarion, coll. « GF ».

La Fin de Satan, éd. de J. Gaudon et E. Blewer, Gallimard, coll. « Poésie ».

La Légende des siècles, éd. de L. Cellier, Flammarion, coll. « GF ».

La Légende des siècles, introduction de J. Gaudon, éd. d'A. Dumas, Garnier, coll. « Classiques ».

La Légende des siècles. La Fin de Satan. Dieu, éd. de J. Truchet, Gallimard, coll. « Bibliothèque de la Pléiade ».

Les Chansons des rues et des bois, éd. de J. Gaudon, Gallimard, coll. « Poésie ».

Les Chansons des rues et des bois, éd. de J. Seebacher, Flammarion, coll. « GF ».

Les Chants du crépuscule. Les Rayons et les Ombres. Les Voix intérieures, éd. de P. Albouy, Gallimard, coll. « Poésie ».

Les Châtiments, éd. de R. Journet, Gallimard, coll. « Poésie ».

Les Châtiments, éd. de G. Rosa et J.-M. Gleize, Librairie générale française, coll. « Livre de poche ».

Les Contemplations, éd. de P. Albouy, Gallimard, coll. « Poésie ».

Les Contemplations, éd. de L. Cellier, Garnier, coll. « Classiques ».

Les Contemplations, éd. de J. Gaudon, Librairie générale française, coll. « Livre de poche ».

Les Feuilles d'automne. Les Chants du crépuscule, éd. de M.-F. Guyard, Flammarion, coll. « GF ».

Les Orientales. Les Feuilles d'automne, éd. de P. Albouy, Gallimard, coll. « Poésie ».

Odes et Ballades, éd. de P. Albouy, Gallimard, coll. « Poésie ».

Odes et Ballades. Les Orientales, éd. de J. Gaudon, Flammarion, coll. « GF ».

Œuvres poétiques, I : *Avant l'exil, 1802-1851,* II : *Les Châtiments. Les Contemplations,* III : *Les Chansons des rues et des bois. L'Année terrible. L'Art d'être grand-père,* éd. de P. Albouy, Gallimard, coll. « Bibliothèque de la Pléiade », 3 vol.

Poèmes, éd. de J. Gaudon, Flammarion, coll. « Grand format ».

Poésies, I : *Les Feuilles d'automne. Les Chants du crépuscule.* II : *Les Voix intérieures. Les Rayons et les Ombres,* éd. de J.-B. Barrère, Imprimerie nationale, coll. « Lettres françaises », 1984, 2 vol.

Romans et prose

Choses vues, éd. de H. Juin, Gallimard, coll. « Folio », 4 vol.

Han d'Islande, éd. de B. Leuilliot, Gallimard, coll. « Folio ».

L'homme qui rit, éd. de M. Eigeldinger, Flammarion, coll. « GF », 2 vol.

Le Dernier Jour d'un condamné. Bug-Jargal, éd. de R. Borderie, Gallimard, coll. « Folio ».

Le Rhin. Lettres à un ami, éd. de J. Gaudon, Imprimerie nationale, coll. « Lettres françaises », 1985, 2 vol.

Les Misérables, éd. de Y. Gohin, Gallimard, coll. « Folio », 3 vol.

Les Misérables, éd. de R. Journet, Flammarion, coll. « GF », 3 vol.

Les Misérables, éd. de Vercors, G. Rosa et N. Savy, Librairie générale française, coll. « Livre de poche », 3 vol.

Les Travailleurs de la mer, éd. de M. Eigeldinger, Flammarion, coll. « GF ».

Les Travailleurs de la mer, éd. de Y. Gohin, Gallimard, coll. « Folio ».

Littérature et Philosophie mêlées, éd. d'A. R. W. James, Klincksieck, coll. « Bibliothèque du XIXe siècle », 1976, 2 vol.

Notre-Dame de Paris, éd. de J. Maurel, Librairie générale française, coll. « Livre de poche ».

Notre-Dame de Paris, éd. de R. Borderie, Gallimard, coll. « Folio ».

Notre-Dame de Paris, éd. de L. Cellier, Flammarion, coll. « GF ».

Notre-Dame de Paris. Les Travailleurs de la mer, éd. de J. Seebacher et d'Y. Gohin, Gallimard, coll. « Bibliothèque de la Pléiade ».

Quatrevingt-Treize, éd. de J. Body, Flammarion, coll. « GF ».

Quatrevingt-Treize, éd. de J. Boudout, Garnier, coll. « Classiques ».

Quatrevingt-Treize, éd. de Y. Gohin, Gallimard, coll. « Folio ».

Théâtre

Cromwell, éd. d'A. Ubersfeld, Flammarion, coll. « GF ».

Hernani, éd. d'A. Vitez et A. Ubersfeld, Librairie générale française, coll. « Livre de poche ».

Les Burgraves, éd. de R. Pouilliart, Flammarion, coll. « GF ».

Ruy Blas, éd. de J. Vilar et G. Rosa, Librairie générale française, coll. « Livre de poche ».

Théâtre. Amy Robsart. Marion Delorme. Hernani. Le roi s'amuse, éd. de R. Pouilliart, Flammarion, coll. « GF ».

Théâtre. Lucrèce Borgia. Ruy Blas. Marie Tudor. Angelo, tyran de Padoue, éd. de R. Pouilliart, Flammarion, coll. « GF ».

Théâtre complet, éd. de J.-J. Thierry et J. Mélèze, Gallimard, coll. « Bibliothèque de la Pléiade », 2 vol.

Correspondance

Correspondance familiale, I : *1802-1828,* éd. sous la direction de J. Gaudon, S. Gaudon et B. Leuilliot, Laffont, coll. « Bouquins », 1988.

Correspondance croisée de Victor Hugo et de Charles Nodier, éd. de J.-R. Dahan, préf. de R. Setbon, Plein Chant, coll. « Atelier furtif », 1986.

Correspondance entre Victor Hugo et Paul Meurice, préf. de J. Claretie, Charpentier, 1909, épuisée.

Correspondance Victor Hugo-Pierre-Jules Hetzel, éd. de S. Gaudon, I : *Publication de Napoléon-le-Petit et de Châtiments,* Klincksieck, coll. « Bibliothèque du XIXe siècle », 1979.

Daubray C., *Victor Hugo et ses correspondants*, Albin Michel, 1947, épuisée.

Georgel P., « Le Romantisme des années 1860. Correspondance Victor Hugo-Philippe Burty », *Revue de l'art,* 1973.

Lettres à Juliette Drouet, 1833-1883. Le Livre de l'anniversaire, éd. de J. Gaudon, Pauvert, 1964, rééd. Har-Po, 1985.

Lettres à la fiancée. Correspondance, édition dite « de l'Imprimerie nationale », Albin Michel, 1947-1952, 4 vol., épuisée.

Leuilliot B., *Victor Hugo publie Les Misérables,* Klincksieck, 1970.

Illustrations

De nombreuses illustrations du présent volume reproduisent des documents originaux conservés place des Vosges, dans l'ancien hôtel Guéménée, qui fut la demeure de Hugo entre 1832 et 1848 et qui est devenu la « Maison de Victor Hugo ». Maison de Victor Hugo/Seuil : 19, 31, 48, 69, 86, 132, 137, 159, 174. — Maison de Victor Hugo/Bulloz : 4, 51, 57, 58, 62, 113, 180. — BN/Seuil : 9, 27, 41, 154, 166.

Table

Ouvrages de
Henri Guillemin

AUX MÊMES ÉDITIONS

Charles Péguy
1981

L'Affaire Jésus
1982 et coll. « Points », 1984

Le Général clair-obscur
1984

L'Engloutie.
Adèle, fille de Victor Hugo (1830-1915)
1985

Lamartine
1987

Madame de Staël et Napoléon
1987

Robespierre, politique et mystique
1987

TARDY QUERCY S.A. A CAHORS
DÉPÔT LÉGAL NOVEMBRE 1988. Nº 10375 (80611A)